D1664815

periplaneta

BEN EVERDING: „Wir müssen die Mühle unseres Vaters verkaufen"

1. Auflage, März 2014, Periplaneta Berlin, Edition MundWerk

© 2014 Periplaneta - Verlag und Mediengruppe
Inh. Marion Alexa Müller, Postfach: 580 664, 10415 Berlin
www.periplaneta.com

Lektorat: Caroline Dietz
Coverfotos: Florian Müller
Illustration: Hanna Wimmer
Satz & Layout: Thomas Manegold

CD-Produktion: Reinhard Frye, *Ad Hoc* Tonstudio, Hannover, Sept./Okt. 2013

Druck & Bindung: META Systems, Wustermark, Deutschland
Gedruckt auf FSC- und PEFC-zertifiziertem Werkdruckpapier

print ISBN: 978-3-943876-66-6

BEN EVERDING

Wir müssen die Mühle unseres Vaters verkaufen

periplaneta

Meine Hochachtung und herzliebsten Dank an die
wundervollen, mir immer offen Zugewandten,
Darius Salaris, Jacqueline Moschkau, Vera Mohrs,
Sebastian Jiro von Schlecht, Hanna Wimmer.

Ben Everding

Inhalt

Vorwort

„Irritationen fördert -Nach-denken."
Hermes Phettberg

Grußworte
an den lieben Leser

Leider fiel das Vorwort des einzigartigen Hermes Phettberg aufgrund von zunehmender Schlaganfälligkeit nur knapp aus, aber ich freute mich dennoch sehr über seine Bereitschaft und Inspiration in dieser Angelegenheit. Vielen, vielen Dank!
Trotzdem, ein bisschen muss ich also noch selber einleitend schreiben.

Sollte Sie jemals jemand fragen: Aus welchem Stoff sind die großen Geschichten gemacht? Was macht uns als Menschheit, Jahrtausende Geschichten lesen, hören, schauen, schreiben, zeichnen, erzählen, vorlesen, auswendig lernen? Was sind dann stets die großen Themen?
Sie würden womöglich sagen, Liebe und Leid, Sex und Tod. Und noch vor einem Jahr hätte ich Ihnen Recht gegeben. Handlungsmotivationen und Dramahöhepunkte sind meist leichthin mit zwei Wortpaaren zusammengefasst.
Vielleicht können Sie sich daher bald vorstellen, wie sehr ich nicht schlecht staunte, als mir beim Sortieren meines Bücherregalinhalts - nach dem Prinzip der guten Nachbarschaft - auffiel: Weit mehr als ein Holzbrett an der Wand ist ausschließlich füllbar mit Literatur über die Mühle! *Das* vergessene Motiv unserer großen Literaturgeschichte. Es wurde uns etwas vorenthalten! Dabei ist der Begriff so spannend. Als Verbindung zwischen Luft und Erde, Wasser und Erde; den Elementen unseres Lebens. Sie erkennen das Potential.

Um so logischer lässt es sich aus, dass die dramaimmanenten Theatraliker des endlosen Autorentums sich natürlich nur selten das Spannungsmoment vertun und ihre Protagonisten heil und in Einklang mit ihrer Mühle leben lassen. Ich musste feststellen, dass leider allzu oft dieses Mahldenkmal den Gestalten in ihren Geschichten entrissen wird. Da macht es keinen Unterschied, ob Sie nun in die Groteske Kafkas schauen, oder den rühmlich-stürmischen Drang Goethes Lebenswerks studieren. Der Mercator steht jeweils schon bereit, das ernährende Eigentum dem Volke zu entreißen.

Auch Autoren jüngeren Datums haben sich zu diesem Thema, der Mühle und ihrer Veräußerung, geäußert. Einer eben dieser ist hier vertreten durch niemand anderen als Ernest Hemmingways Sohn (!), der es aber weiß Gott genauso verstand wie sein Vater, eine Sehnsucht nach dem Süden mit der Todesnähe an der Pinkelrinne zu verbinden. Gewiss ein Autorenbeitrag, über den ich mich hier besonders freue, denn schrieb doch schon Oscar Wilde, wie wichtig es ist Ernest zu sein. Und auch der andere große Hannoveraner, Kurt Schwitters, hat sich dem Tropus der Mühle (grch. Τρο ποῦς = „heißes Eisen") hingegeben, und ein charmantes, dadaistisches Gedicht als Plädoyer für den einsamen Transvestiten von nebenan verfasst.

Da nimmt es nicht wunder, dass ich schnell die Idee bei der Hand hatte, alle diese Texte aufs Herzlichste zu recherchieren und den Versuch zu wagen, eine Auswahl der - meiner bescheidenen Ansicht nach - bedeutendsten Werke zusammenzustellen. Und ohne defätistisch klingen zu wollen, so ein Unterfangen, kann natürlich niemandem gelingen.

123 von 1234 Texten kamen in die engere Auswahl. Danach musste das Los entscheiden.

Somit fehlt hier, schwerbedauerlicherweise, die ein oder andere geniale Rhetorikikone, der ein oder andere literarische Renegat. Sie können sich vorstellen, bei Autoren wie z.B. Henry Miller, war natürlich nicht nur der Name Programm, nein, gewiss ließ der Amerikaner sich nicht lumpen und verfasste massig ferkelige Tagebucheinträge von seinen Ausflügen zur ländlichen Mühle. Jedoch ausgerechnet sein Text hat es nicht in diese Auswahl geschafft. Umso mehr freut es, dass zumindest bei seinem Autorenkollegen und Landsmann Ernest Hemmingway Jr. ein Zitat seiner zu finden ist.

Zu meiner persönlichen Freude, und da wir stets themenübergreifend eine gerechtere Verteilung der Ungerechtigkeit brauchen, schließt diese kleine Kollektion immerhin mit niemand anderem als Berthold Brecht, vielen bekannt unter dem Namen Bert Brecht.

Lässt sich hier zwar dieses Werk nur als Provisorisammelsowiesorum von Auf- und Zutun konstatieren, kann ich Ihnen doch versprechen, zumindest den Einstieg in das fehlende, das vergessene Stück Weltliteraturthematik gefunden zu haben. Das Komplementäre zum üblichen Sex und Krieg, mit dem Sie sonst so abgespeist werden.

Kühnste Künste erwarten Sie!
Aber ich will die Spannung nicht ins Unertragreiche steigern. Und wünsche Ihnen nun viel Spaß beim Lesen!

„Wir müssen die Mühle unseres Vaters verkeufen"

Frank Kafka

Als Georg eines Samstagmorgens erwachte, musste er feststellen, dass es im Haus um ihn heraus schon hellen Aufruhrs war. Darüber war er nicht weniger als überrascht, schlief er doch tief im Schlaf zuvor, und lässt es sich sonst zu seinem Erwachen doch stets ruhig und stille im Hause an. Was war geschehen? Wieso der Lärm? Wohlan, er hebte schon wohl an den Kopf sich wohl aufzurichten, um sich zu erschauen, was sich so gar verändert hatte. Sich also versehend, gewahr ihm, sein Schlafgemach war über Nacht an die doppelte Größe des sonstigen herangewachsen. So groß es nun war, ward es ihm riesig anzumuten. Wie ging dies einher?

Jahre schon lebte er in diesem Hause, seine Elternei und seine Schwäster hatten dieses Haus mit ihm zuvor gekeuft. Das Zimmer mit den drei Türen, die zu jeder Richtung Rapport möglichten, ward Georg alsgleich zubeschieden worden, war er doch der Verdienende der Familie seit Vater der Mühlstein zum Rückenleiden brachte. Doch freute Georg sich diesem Umstand das Zimmer zu bewöhnern, welches alssofort seiner Familie in jede Richtung Zugang zu ihm gab, denn war er doch gern für seine Anverwandten der Aufkommende. Und war sein Gemach auch ach keine Pracht, ließen ihn doch die drei Türen in jeder Wand, in jede Richtung ständig zuständig für das Tagwerk der anderen sein. Und das freute Georg, denn gern stand er jedes Morgens frühest auf und kam für die pekuniär prekäre Familiensituation auf.

Jalusinen oder Rouladen an den Fenstern brauchte er nicht. Denn er stand doch stets vor dem ersten Sonnenlichtstrahl auf, welcher ihn hätte erwecken können. Er zog seine Kleiderung an, die aus einfachen, aber stets gut gepflegten Leinen war, ging aus dem Hause - nicht bevor er vorher zuvor ein Brot für sich, und drei für seine Elternerei und seine Schwäster geschnitten zu haben hatte, einen Krug Wasser für sich, und drei Wasserkrüge für seine älteren Eltern und jüngere Schwäster geschöpft zu haben, stellte alles sorgsam und sorgenarm auf den Tisch aus der großen Eiche, und ging, den Flur verlassernd, durch die so schwere Tür aus dem Hause zur Tram. Jeden Morgen machte er es so, als tat er es für immer.

Die Tram fuhr immer um acht nach voll und acht nach halb. Sollte er jemals die um acht nach voll voll verpassen, würde er auf die um acht nach halb halt warten. Doch passierte dieses natürlich niemals, darob seine Obacht ihn wohl wahrte. Alsdenn schien alles in Redlichkeit und war die Familie auch nicht reich, sicherte doch Georgs Gewissenhaftigkeit gewiss das ständig Beständige.

Die Stationen, die Georg mit der Tram fuhr, waren der Anzahl viele, hin zur alten Familienmühle des Vaters, draußen auf dem Land, in dem der Vater seine Ahnen wähnte. Als sie damals in die Stadt zogen, wegen der besseren medizinischen Versorgung für die alten Eltern und die schöne Schwäster, hätten sie die Mühle, die ja stets als Broterwerb für die Familie gegolten hatte, ja nicht einfach mitnehmen können. Die ist ja viel zu groß, die alte Mühle. Zur glücklichen Geburt Gregors Schwäster hatten sie auch mal überlegt, das große alte steinerne Rund zu verkeufen und sich eine kleinere

Mühle anzuschaffeln, doch hing Herz und Hypothek noch sehr am Blut in der Erde der Vorfahren unter der Mühle; und so stand Georg nach der glückseligen Geburt der Schwäster auf und sagte: „Vater, nicht doch müssen wir unsere Mühle nun verkeufen; möchte ich doch gern jedes Tages Früh mit der Tram dort wohl hinfahren und unsere alte Mühle ohne Mühe bewirtschaftern!"

Allen war es so lieber, denn ließ doch das Einkommen der großen Familienmühle das Auskommen seiner lieben Alten und seiner lieben Schwäster geldlich deutlich besser anstehen.

Kam er morgens mit dem ersten Licht des Tages dort an, während der sanfte Wind mit leichten ätherischen Fingern die reifenden Kornähren harfte, straffte er seine Glieder und begann werkfroh, mit Fleiß und Geschick paradierend, mit dem Drehen und Dreschen des Korns, dem Sieben und Schratzen und Schräkseln der Hüllen und Säckel, bis dass des Tages Ende die letzte Tram anrief und Georg frohen Mutes, wenn auch ein wenig erschöpft, wieder in die Stadt zu seinem Elterntum und seiner Schwäster fuhr.

Zusammen zu Hause aßen die vier zu Tische das darauf Ausgebreitete, war es wohl auch bescheiden beschieden, doch mit Herz und Seele von Gregor bereitet, und freuten sich alle ob ihrer Sicherheit beisammen zu bestehen.

Allabendlich anschlüssig führte die Schwäster Georg zum Tagesabschluss in ihre Kammer, ihm dort ihre neuen Kleider, die sie im Verlauf des zuvorherigen Nachmittages gekauft hatte, vor. Dieses liebgewonnene Ritual der Geschwisterten dauerte manchmal bis weit nach Mitternacht und Georg fielen schon fast die Lider ein, doch schaute er so gern die bald schwebende Schwäster in ihren neuesten Gewändern mäandern, dass ihn die Zeit des Nichtschlafens nicht dauerte.

Sie war ein gar pfirsichhaftes Mägdelein mit einem lieblichen Röschen im Haar und immer guter Dinge. So freute sich Georg für den schönen Lohn aus der alten Mühle und seiner Mühe über den täglichen, neuen, sein Schwästerlein umwehenden, bunten, weichen und wohlriechenden Stoff. Gleichwohl gewahr er gern, wie seine Schwäster herrlich fraulich allerorts erwachsen wurde und wie der glühend-güldene Flaum ihrer Beine sich langsam Tag für Tag zu verfärben begann; zu einem wilden ungezähmten Rossschwarz, das fast wiehernd anhob in lauter laute Lust zu zerstoben. Die Verwandlung noch von einem anteilig knabenhaften Wesen hin zur brustbesetzten Dirne hielt Einzug und Georg freute den natürlichen Geschmack, was die Hervorbringung des Wohlen der Welten Dinge aufhub.

„Nun wach schon auf, du müder Bruder!", schubste ihn die kleine Fee im neuen Rocke an, war Georg kurz zuvor bald hierhin, bald dorthin eingenickt.

„Schau doch mal meine neuen Kleider!", zirpte sie, so Georg schüttelte sich schnell und war wieder in voller Aufmerksamkeit; Schlaf und Staub aus den trockenen Ecken seiner Augenwinkel wischend.

„Arbeiten, mein Bruder", sagte sie, „Arbeiten, ja das kannst du alswohl. Auch Essen und Schlafen", zwinkerte sie ihm voll Liebreiz, „aber sonst auch gar nichts, was?"

So Georg sich zu entschuldigen ansetzte, sprach das Mägde gar sangbar zaghaft langsam: „Ach auch, dem tut nicht not. Auch solche Käuze wie dich hat der Herr Gott gern."

Und aufdies konnte Georg stets alsgleich schlafen gehen, um sich für den neuen Tag zu kräften.

Doch an diesem Morgen lag er fürderhin danieder in seinem Bette, starrte den sich über ihm befindlichen Plafond an, konnte kaum seine Gliedmaßen koordiniert erwägen, und wunderte sich verloren, dem ihm immer größer zu werdenden Raum, nicht entrinnen zu können. Die Klänge der angrenzenden Bereiche hinter seinen Türen litten ihm fremd, und doch gleichzeitig vertraut, denn ach, wohl waren es doch die Stimmen des Vaters und der Mutter, die seine Eltern waren, und die seiner Schwäster, die das Weltenglück vergebens zu usurpieren suchten. Was passierte denn ganz nah draußen nur? Wie nur dies' ungewöhnlich Tönen und Argwöhnen? Immer weiter starrte Gregor in das ihn fast verschlingende Hell seiner Fenster, und immer weiter hob der Raum für ihn an hinfort zu reißen, als er plötzlich die Stimme seines Herrn Elternteils auffahren hörte!

„Ich habe Hunger!"

Und gleich darauf den walkürlichen Frau Elternteil sagen:

„Ich habe auch Hunger! Hat er denn nichts zu essen hingestellt?"

„Vielleicht ist das jetzt öfter so", wähnte seine Schwäster, in Unruhe ergriffen.

„Hunger! Hunger!", riefen sie.

Gregor starrte weiter in das hellste Hell seiner Fenster, dass ihm fast die Sinne schwanden. Was begründete die hungrigen Lieben nur, so früh des warmen Bettes zu entleihen und nun die Wohnung lärmend zu durchirren? Doch gar arg, es war doch alles anders, armer Georg, dem es anhub nun zu dämmern: Die Elternbeiden und die Schwästerei waren nicht vor ihm wach geworden und missten nun das Frühstück, sondern er war nach ihnen wach geworden, und hatte vor lauter Verschlafen kein Frühstück bereitet; welches mittlerweile die Eltern wie jeden Tag pünktlich einnehmen wollten. Georgs Zimmer war ihm überhaupt nur so leuchtend ausladend hell erschienen, weil er es doch noch nie zuvor mit dem Tageslichte der

Sonne ersonnen hatte. Groß, gelb und grenzenlos grell im Überall ließ sie dem Georg seine Glieder schwer nur durch das dichte Licht ziehen. Er plumpste mit dem Unterkörper vorneweg unten raus aus dem Bettkasten und hart kam er auf, was ein Geräusch gebar, welches gewahr werden ward von den Elterlichen und der Schwäster in den anderen umliegenden Zimmern. Fortgleich öffneten sich donnernd alle drei Türen zu Georgs Zimmer; jede von ihnen ein Familienglied freigebend.

„Georg!", riefen alle zugleich zu gleichen Teilen aus allen Türen.

„Wie lässt es sich an, du kömmst jetzt erst aus dem Bette?!"

Noch ehe der arme Georg sich finden, aufsetzen und erklären konnte - war er doch voll Trauer für den Unmut der Seinen, und voll Schmach und Schmäh und Schimpf und Schande über die Unart seines nachlässig ach nachlässigen Wesens - brach die stete Finanzierung der Wohnung, der Mühle, der Familie zusammen und ein Dutzend Prokuristen stürmten noch in derselben Minute herein und pfändeten, was sie auch nur im Hause fandeten.

Die Familie hatte finanziell zu knapp kalkuliert mit Georg als einzigem Arbeitnehmer, und noch am selben Nachmittag nahmen sie Abschied von Georg, um ihn als Proband für eine Pharmafirma für neue Medikamente zu Testversuchen zu verkeufen. Auf drei Jahre beschloss der Vertrag Georgs Internierung in einem geheimen Labor - und ist Kafka selber auch wieder mal nicht mit dem Schluss des Textes zufrieden - das dafür erhaltene Geld war Georgs Familie sehr willkommen und sie konnten drei weitere Jahre glücklich leben.

„Zigarettung"

Karl Krass

Wien. Gaststätte im 16. Bezirk. Ein untersetzter Herr im besten Alter sitzt am Tresen. Jemand fragt ihn.

WARUM SITZEN SIE HIER?
Warum i do sitz'? No, i wohn do. Oiso ned do – do hintn ums Eck. In da Gablenzgossn. Do is mei Wohnung. 20 Joa' wohn i scho do. Und am Obend, oder noch da Jausn, do kumm i gern noamoi do her. Des is mei Lebenstakt, is des.

KENNEN SIE DIE ANDEREN GÄSTE?
Jo kloar. I mahn, monche kennt ma hoid. Über de Zeit, ned woa. Monche bessa, monche ned so guad. Monche wü ma vielleicht a goa ned kennen, ned woa. (Lacht.) Wonn'S vaschtengan wos i mahn, ned. Do gemma si donn ausm Weg. Ma reschpektiert si donn hoid.

TRINKEN SIE JEDEN TAG?
Na. Na, ned jeden Dog. *(Pause.)* Wonn i do bin, donn, kloa. Do trifft ma donn die Bekanntn oda a - jo Bekanntn und die Freindt und donn trinkt ma so seine zwa, drei, vier Hoibe, ned woa. Donn azöht ma si wos so passiert is, in da Oabeit und so. Jo. Des is so da Lebenstakt, ned woa, mei Lebensoat is' des.

HABEN SIE EINE ARBEIT?

I bin in da Korridorbension, ned woa. Friahra hob i in da Metall-vaoaweitung goabeitet. A riesige Fabrik woa des. Ahne da wichtigstn do in da Gegend. Kennan'S sicha. 18 Joa hob i do ghacklt, ned woa. Oba irgendwonn hob i do donn aufhean miassn, wegen de Metallspähne. Wei de fliegn do übaoi ummanonda und donn kumman de a in de Lunge. Donn is boid Schluss mit lustig. Do streikt da Körpa donn und des geht donn auf's Heaz und wos was i ned no wohi. Oba des hod jo de do oben in da Etage, ned woa, in de Etagn, de hod des jo no nia intressiat. Friahra homma no a eigene Mühl' g'hobt. Seit ocht Generationen im Familienbesitz, do staunen'S, gö! Und donn hob i de Oabeit valoan und do hob i's donn vakaufn miassn. Letztes Joa. Naa, zwa Joa is des scho her. (Pause.) Ah geh, des is a Lem. Nix wia sekkiean duan'S di.

GEHEN SIE NIE IN EIN ANDERES LOKAL?

Naa. Mia g'foit's jo do. Do kenn i die Leidt. Ondane Leidt mochn mi - wie soi i sogn - konfus. I woa ois Kind scho so. Wonn da irgndane ondane Frau wia mei Muatta on mei Wagal kumma is, no do hob i gschriaen. Das wor nix fia mi. *(Pause.)* Ah jo. Mei oide Muatta. Gott hob sie selig. Ollerwei heard sie's ned gern, wonn i sie „oide Muatta" nenn'. Na kemma nua hoffn, doss as do obn im Himmi ned gheard hod, gö? *(Lacht.)*

SIND SIE GLÄUBIG?

Jo sicha. I mahn, in'd Kiarchn geh i jetz ned, gö. Oba gläubig, gläubig bin i scho. Kloa, monchmoi frog i mi a, ned woa - da liebe Gott, der hod jo sein' Sohn an Jesus Christus auf d'Erdn g'schickt. Jo, warum hod a des nur a Moi g'mocht? Wonn ma si des oschaut, wia die Wöhdt bsondas haid schlecht is. Wos is mit de jungan Leidt und die gonzen Manager, die mochn den gonzen Zasta, ned woa und steckn des oba ois in die eigene Doschn, wonn ma des donn so liest.

WARUM GLAUBEN SIE, DASS DIE WELT SCHLECHT IST?
Wos i mi monchmoi frog, ned woa, *(leiser)* wonn der des ko, warum mocht a donn ned aus olle Menschn Christn? - Des kennta doch mochn. Oba donn gibt's 1000 Joa Mission, ned woar, Missionare oda - ondas, warum hod er nur an gschickt? Do hätt' a doch zehne a schickn kennan. Schaun'S und des is monchmoi, wos ma ned in d'n Schädl wü, ned woa. Oda a de Steinzeit und de Eiszeit. - Oba auf da ondan Seitn denk' i donn a wieda, grod hob i glesn, doss as jetz' rauskriagt homm wia des Aug gmocht is. Und donn denk' i doch wieda, wonn ma si des so oschaut, wia des ois so funktioniert. Des muas jo wer gmocht homm. - Oda a Gösn oda so. De is jo a klitzekla.

ALSO SIND SIE NICHT SICHER, OB SIE GLAUBEN?
Doch kloa. I bin a Christ wia de ondan a olle. Oba friahra in da Oabeit, do homm's imma glaubt, i warat a Jud.

WARUM HAT MAN DAS GEGLAUBT?
Des was i ned. Woarscheinlich wei i in da Oabeit imma klassische Musik g'head hob.

WAS IST IHR GRÖSSTES LASTER?
Soi i Eahna wos sogn? Da Mensch hod a anzigs Losta - und des is a söba. Freili, ned woa, i trink do mei Bia, ned woa. Und donn no die

Zigarettn. Najo, do kummt scho wos zomm. Irgndwonn mocht da Körpa des nimma mit, hod da Dokta g'sogt. Der streikt donn. Oba wissen's des is mei Lebensoat. Des loss i ma ned nehman. Tot konn ma nur amoi sterbm. - Kloar, monchmoi frog i mi a, des konn jo koa g'sunds Hirn entscheidn. Oiso die Entscheidung zum Rauchn zum Beispü, des ko doch ka g'sunds Hirn mochn. Des kost a Göd, des stinkt, des färbt die Zehnt, jo wonn's ned glei gonz ausfoin. *(Lacht.)* Jo, die Wendt konn ma streichn, die Lunge ned, gö. Hob i Recht oda hob i Recht. *(Lacht.)* Monchmoi trennan si jo a Paare deshoib. Jo, die lossn si donn scheidn. Des is donn a so a Oat Entscheidung *(lacht)*, des is ma jetz grod so eingfoin. - I mahn, i kenn' a vü Leidt, die rauchn. I sog imma, wonn da liebe Gott gwoit hätt, doss ma rauchn, donn hätt a uns so a Kerm in die Lippn gmocht, ned woa. Jo. - Friahra hod si jo kana drum gscheart. Do homm si die Leidt no Zigarettn gschenkt. Zum Geburtsdog oda zur Hochzeit oda so. Zwa Stongen monchmoi. Oda zur Taufe. Jo, des hod's ois gehm. Die mochn si do - wia sogt ma - so a Oat Spießgsö, oba do gibt's no so a hochdeitschs Wort a, naa, oba des wü ma jetz ned einfoin. Is' jo a wuascht. Vahschtengan'S mi a so, gö? A die Regierungen, die woin jo goa ned, doss die Menschn aufhean, wenn ma do in die Zeitungen, ned woa, in die Medien schaut. Und wissen'S warum? Wegn am Göd! So is des doch. In Amerika homms des do scho, wo donn Leidt mit so Apparatn am Hois und am Köhkopf sprechn miassn. Wissen'S wie i des nenn? Wissen'S wie i des nenn? Des is die Evolution. Da Mensch geht meah in Richtung Robota. Wia so a Maschin, und deshoib braucht a a so... Dompf, mahn' i. Damit a hackln ko, und dabei muas a dampfn. Jo, des is' es doch wos ma von die Menschn wü! Dos ma oabeitet, jedn Dog, des isses doch! Des woin's doch in Woaheidt. Jo, des is des Schlimmste am Lem.

WAS IST DAS SCHÖNSTE AM LEBEN?

(Pause.) Im Grunde genommen *(Pause)* Freindtschoft. Des ma des Lem genießt. So wia s is. Leida bin i jetz ned so a Typ, so ana wia da Niki Lauda zum Beispü, oda so, der in da Wödt umanonda kummt. Kloa, des Göd eröffnet ahm natürlich vü Möglichkeiten. Oba wissen'S wos in Woaheidt zöhdt? Des do drin *(zeigt auf seinen Brustkorb).* A Wödt ohne Menschn, des... warat a ondane Soch. Jo. Es is hoidt mit die Menschn so wia mit oim. Mit da Liebe oda mit - jo, mim Feia. Liebe ko schee sein, konn oba a tötn. Und Feia konn a schee sein, ma konn si oba a vabrennan.

Jetz hob i oba vom vün Redn direkt an Durscht g'kriagt. Bringst ma no so a Hoibe?

(Er nickt dem Wirt zu, dieser zapft ihm noch ein Bier.)

„Wir muessen die Muehle unseres Vaters verkaufen"

Heinrich van Goethe

1. AKT

Dramatis Personae: Herr Doktor und Wagner, sein Schueler.
Im Unterrichtsraum.

Doktor: Zuvoerderst wird das Licht verdreht,
 Dann haengt man schwarz das Tuch.
 Und wenn man ganz im Dunkeln steht, -
 Dann reimt sich's schon genuch.
Wagner: Ach, werter Lehrer, koennt' ich nur   5
 Mich an dem Wert erquicken,
 Denn euer Schein scheint rein und pur;
 Ich moecht' bald dran ersticken.
Doktor: Nun lieber Herr, nun liebe Leut' -
 Herr Famulus hier Truebsal blaest!   10
 Seht doch, wie ihn schon gar nichts mehr erfreut,
 Und er sich einfach gehen laesst!
 Mit Last des Wissens sich beladen
 Durchwuehlt er Kunstgeschicke und Physik,

Und gleicht mental schon den Nomaden 15
Und bricht sich alsbald das Genick.
Wagner: Spottet meiner nicht, oh Herr,
Die Gewissheit, die euch Ruhe schenkt,
Sagt mit doch nur, wo stammt sie her?
Doktor: Dass er sich doch gar so verrenkt! 20
Die immerselbe Frag' um Frag'
An sich und andere er richtet.
Und weiter aufruehret er Tag fuer Tag
Doch nie das Wesentielle sichtet!
Wagner: Verratet's mir! Ich bitt, lasst mich nicht harren! 25
Sagt mir's nicht morgen, sagt mir's heut!
Doktor: Wie sagt man bei den Bayernleut'?
Was redest Du nur fuer ein' Schmarrn!
Wagner: Und doch wisst ihr, was niemand weiss;
Lasst mich nicht weiter darben! 30
Doktor: Die Freiheit, die hat ihren Preis!
Wagner: Wie viele fuer sie starben ...
Doktor: Nun lieber Herr oder liebe Frau,
Wagner: Herr, bitt ich, darin bin ich genau.
Doktor: Nun lieber Herr, um meinetwillen, 35
Lasst doch euer ewig Grillen!
Wagner: Herr Doktor, nun ist es zu spaet,
Ich wechsele die Fakultaet!
Doktor: Seid doch nicht taub! Wo wollt ihr hin?
Wagner: Nun folg' ich meiner Nase nach! Das gibt Sinn! 40
Doktor: Nun gut, nun gut Herr aeh, dann verrat' ich's doch!
Aeh, wie war euer Name noch?
Wagner: Wagner.

Doktor: Ah sieh da. Verwandt mit dem Komponist'?
Wagner: Ich wuesste nicht, dass dem so ist. 55
Doktor: Sicher, man kann nicht alles haben;
 Doch nun lauschet meinen Geistesgaben:
 Stoesst erstens laut der Schuhu aus
 Ins tiefe Schwarz der Nacht,
 Zieht dann aufs dunkle Feld hinaus 60
 Schon ist Schritt zwei vollbracht.
 Mischt drittens dort den Leu mit Erz,
 auf dass es rot phosphoresziert,
 Bangt viertens gar des Soldaten Herz,
 das sonst so tapfer kuerassiert, 65
 Seid ihr schon auf dem Wege ins Totenreich,
 Das kommt Schritt Nummer sechs in etwa gleich.
 Na? Fuerchtet euch schon hienieden?
 Wartet nur, gleich kommt Schritt Nummer sieben!
Wagner: Oh, Schauderliches ich schon ahne; 70
 Haltet ein, mein Grossvisier!
Doktor: Zu spaet, hier ist das Elixier!
 Ich fahre nun zum Satane!
Wagner: Ich kann nicht schauen dieses Spiel
 Und schlimmer noch, ich spielte mit! 75
 Jetzt scheint es klar, was der Doktor will,
 Sein Glueck, es ist der Suizid!
Doktor: Schweig still mein Herz und lass das Toenen,
 Nun trinke ich das rote Oel, um mich des Lebens zu entwoehnen!

2. AKT

Dramatis Personae: Der Doktor und der Teufel.
In der Hoelle.

Teufel: Sieh an, wer da? Ein neuer Gast taucht auf!　　　　　85
　Gratuliere Dir, zum neuen Lebenslauf!
Doktor: Wuesst' ich doch nicht, sind wir Bekannte?
Teufel: Jaaa, was man so Bekannte nannte.
Doktor: Ja, weil Sie mich duzen, frage ich.
Teufel: Weil Sie mich duzen, frage ich.　　　　　90
Doktor: Stoppt zu wiederholen, was ich sage!
Teufel: Ist das Deine einzige Klage?
Doktor: Jetzt weiss ich wohl, dass ich Sie kenne,
　Wenn ich Sie Teufel, Satan, Krampus nenne!
　Bin ich also im Jenseits! Nun hab' ich einen neuen Rang!　　95
Teufel: Bist in der Hoell', bist mittenmang.
　Ich weiss, was Du hier willst, ich kenn' bereits den ganzen Plot.
　Der Teufel hat den Feind zum Freund - ich sprach darueber schon
　mit Gott.
Doktor: Kein Wort glaube ich ihnen, dass
　Sie mit Gott -　　　　　110
Teufel: Wetten dass?!
Doktor: Lassen Sie die Kindereien,
　Ein and'rer Grund fuehrt mich hierher,
　Dass Sie mich naemlich nun einweihen,
　Denn im Jenseits lernt man sicher mehr.　　　　　115
Teufel: Sag „du" zu mir.
Doktor: Ja wie? Sie meinen ...

Teufel: Ja, nur zu!

Doktor: Das muss ich verneinen!

Teufel: Du haelst Dich wohl fuer sehr gelehrt   120
Und machst doch so viel verkehrt.
Du willst mehr Wissen? Hahaha, ich habe gelacht!
Ich geb' was Besseres Dir: Ich geb' Dir Macht.

Doktor: Willst Du, Teufel, dass ich bleibe,
Verbitt ich mir das Duzen!   125

Teufel: Komm, ich zeige Dir ein Weibe
Da lernste erstmal knutschen.

3. AKT

*Dramatis Personae: Der Doktor, der Teufel und das junge Maedchen.
Auf dem freien Felde.*

Maedchen: Was sehen meine entzuendeten Augen?
Entstiegen dem Nebel dort zwei Herren?
Moecht' ich's doch fast nicht glauben,   140
Den einen mag ich jetzt schon gern!
Heyho, ihr lustigen Gesell'
Wo koemmt ihr her so schnell?

Teufel: Gestatten, Frollein, wir kommen aus dem Erdenloch
Dadrueben. In welches mein Freund, der Doktor, aus Liebe zu Dir
kroch.   145

Maedchen: Ich habe keine Zeit fuer Hohn.
Mein Vater springt im Dreieck schon.
Und sowas hab' ich nie gehoert,

Dass wer aus Herzeleid aus einer Grube springt ...
Teufel: Jaa, wenn Amors Pfeil aus seiner Sehne singt ...   150
Maedchen: Ich glaub', ihr Freund ist nur gestoert.
Wie dem auch sei, die Sonn' ist fort,
Die Nacht bringt Kuehle,
Ich muss zureck zu meines Vaters Hort,
Ich muss zurueck zu seiner Muehle.   155
Teufel: Gewiss, gewiss, der Mehlerwerb
Ist wohl das einz'ge, was euch naehrt.
Doch es muss ein schlechter Mueller sein,
Dem niemals fiel das Wandern ein.
Und dieser Satz, der gibt auch Sinn   1165
Fuer Dich, Du junge Muellerin!
Doktor: Du! Teufel! Bring mich nun zurueck!
Teufel: Er duzt mich! Welch ein Glueck!
Doktor: Genug nun Deines Mummenschanz'!
Oh, glaubt nur kein Wort ihm, teures Kind!   1170
Verbirgt er zwar Huf und Teufelschwanz,
Doch seine Worte Luegen sind.
Maedchen: Ach nein, ich geh'. Ihr beide seid mir doch zu toll -
(zu sich). Wenn auch der eine mich entzueckt. (Maedchen ab.)

Doktor: Habt ihr gehoert, habt ihr gehoert?   1175
Sie fand mich toll, sie fand mich toll!
Zwar ist sie auch schon fortgegangen,
Doch wie schoen mir ihre Worte klangen.
Teufel: Wie sehr bist Du doch schon entrueckt.
„Toll" ist nur altdeutsch fuer „verrueckt"!   1180

4. AKT

Dramatis Personae: Maedchen. Am Muehlrad.

Maedchen: Meine Muehle, die braucht Wind,
 Denn sonst geht sie nicht geschwind.
 Ich gaeb' was drum, wenn ich nur wuesst'
 Von welchem Geist ich grad gekuesst.
 Ach nein, meine Muehle, die braucht Wind, 1185
 Denn sonst geht sie nicht geschwind.
 Und doch geht dieser eig'ne Herr
 Mir staendig in dem Kopf umher.
 Nein, meine Muehle die braucht Wind,
 Was bin ich fuer ein dummes Kind! 2345
 Ach, wie die Winde die Raeder wiegen,
 So moechte ich in seinen Armen liegen.
 Heut geht's mir gar nicht zu geschwind,
 Wie langsam doch Muehlraeder sind.
 Mein Vater auf dem Felde, der maeht da grad das Korn 2350
 Ich sitze hier in Baelde und fange an von vorn.
 Doch spuere ich, ich junge Dirn,
 Ich krieg' den Herrn nicht aus dem Hirn.
 Gar seltsam duenkt er mich, mit seinem Hinkefreund;
 Ich werd' hier noch ganz duemmlich, ich bin hier eingezaeunt. 2355
 Gewiss, aus Vaters Korn wird Mehl, dann Brot,
 Das tut dem Volk am meisten not.
 Doch hab' auch ich nicht meine Rechte?
 Warum hat Vater keine Knechte?
 Nie hab' ich's je zu fragen gewagt, 2360

doch, Vater, bin ich Deine Magd?
Nein! - Hinauf, mit Dir Du junges Maedchen!
Auf, auf mit Dir und schwinge Deine Graetchen!
Was soll es mit der Muehlen Raedchen?
Ich schwing' mich in mein bestes Kleid,   2365
Hinueber, auf zum Staedtchen!
Und fuer ein Wiedersehen bereit,
Mit diesem holden wirren Herrn
Lass ich mich auf ein Stuendchen ein!
Denn ach, die Liebe hab ich gern.   2370
Die Muehle lass' ich nun allein,
Der heut'ge Tag, der ist fuer mich,
Erst morgen werd' ich brav parieren.
Die Muehle lass' ich heut im Stich.
Was soll da schon passieren?   2375

5. AKT

Dramatis Personae: Der Doktor, der Teufel, das junge Maedchen und ihre Schwaester. In der Stadt.

Doktor: Wie freut es mich, dass Du mich fandest!
Maedchen: Wie freut es mich, dass Du hier strandest!
Doktor: Ach Maegde, nimm hier dies Roeschen als Zeichen
meiner Liebe!
Weil ohn' Dich ich nicht mehr leben kann!
Maedchen: Sowas tat neulich schon ein and'rer Mann,   12565
So hoff' ich doch, dass diesmal mehr als nur das Roeschen bliebe.

Doktor: Ach, manches Maennerherze schneller schlaegt,
Wenn sie ihr Haar alswie ein Pudel traegt.
Oh holdes Maegdlein mein, erbarme Dich, erbarme Dich!
Ach kuesse und umarme mich!   12570
Maedchen: (zoegert). Wie kommt es, dass ein Mann, der solch ein'
Nimbus in sich birgt,
Sich in ein Erdloch hier verirrt?
Doktor: Ach frage nicht, Du holde Maid,
Die Loesung ist mein Kompagnon.
Er gibt mir neuerdings Geleit   12575
Und bringt mir mancherlei Affront.
Doch nun genug von ihm. Er sei dahin!
Du ahnst nicht wie verliebt ich bin!
Maedchen: Da hast Du Recht. In Liebesdingen bin ich schlechthin
unerfahren, war stets des Vaters Muehle Muellerin.
(Der Teufel tritt auf.)   12580
Teufel: Hallo, ich hoff' ich stoere nicht.
Doktor: Was willst Du hier, elendig' Laffe?!
Teufel: Sieh an, die Neuigkeiten interessier'n wohl nicht?
Maedchen: Nun scheuch Dich fort, Du leidig' Affe!
Doktor: (*mokant*). Was fuer Neuigkeiten bringst Du wohl?   12585
Des Teufels Tricks, die sind bekannt:
Dein Wein ist Saft, Dein Gold ist hohl.
Teufel: Dann schaut doch, wer koemmt denn da gerannt?
(Weist auf eine Gestalt in der Ferne.)
Doktor: Wer soll das sein? Die kenn' wir nicht.
Teufel: Waehrend ihr zwei hier liebestrunken ficht,   12590
Sitz' ich an der Muehle unten am Bach.
Da merkt der Vater, dass stille steht

Sein Muehlrad, und mit Ach und Krach,
Kein Brot mehr zum Verkaufe geht! 12595
Schon nimmt das Schicksal seinen Lauf,
Die Armut frisst sie sofort alle auf.
Doktor: Ach, schweige still, Du Raenkeschmied!
Wer glaubt Dir schon Dein altes Lied!
Maedchen: Ach dort, mein Schwesterchen koemmt angelaufen.
Was hat sie nur, sie ist ganz rot! 24643
Schwester: *(kommend)*. Wir muessen die Muehle unseres
Vaters verkaufen!
Maedchen: Ach sag das nicht! Schockschwerenot!
Doktor: Das hab' ich nicht gewusst, mein Lieb!
Maedchen: Oh, wie's mir vor Dir graut, Du Dieb!
(Beide Schwestern ab.)
Doktor: Oh Teufel Du, eins sag mir nur: 88648
Musst Du mich so triezen?
Teufel: Ach weisst Du Doktor, ich zoeg' es vor,
Wuerd²st Du mich wieder siezen.

Lektürehilfe
„Wir muessen die Muehle unseres Vaters verkaufen"
Heinrich van Goethe

Zu dieser Ausgabe

Aufgrund der hohen Komplexität des Stoffes hat Periplaneta diesem Band eine Lektürenhilfe mitgegeben.

Die Originalfassung von Goethes „Wir muessen die Muehle unseres Vaters verkaufen" aus dem Jahr 1833 n. Chr. wurde extra für diesen Band behutsam abgetippt. Auch das tatsächliche Schriftbild Goethes - damals schrieb man noch in Krysalin - wurde, aufgrund der gnadenlosen Originalität, hier mit ausgeschriebenen Umlauten beibehalten.

Als letzte orthographische Kuriosität gelangt dem heutigen neuzeitlichen Leser die Vakanz des Buckeless', respektive Esszetts, zu Augen. Zur Entstehungszeit dieses Klassikers der deutschen Literaturgeschichte wurde stets nur mit Doppelsiegfried geschrieben. Erst durch die Klangverschiebung Ende des 19. Jahrhunderts wurde dieser weitere wundervolle und lustige Buchstabe, in den deutschen Schriftbildgebrauch eingeführt, allerdings aufgrund von vehementen Protesten der Völker südlich der Bad Bentheimer Linie nie ins vorherrschende Alphabet aufgenommen.

Der Autor

Die „Muehle" ist Goethes Lebenswerk. Er hat 473 Jahre daran gearbeitet und auch noch nach seinem Tod Änderungen daran vorgenommen.

Schon als Kind war Heinrich van Goethe beeindruckt vom Budentheater der fahrenden Schauspieler, die den Bühnenstoff erstmalig aus England, frei nach dem Original von Ted Herold (1629 - 1692) auf deutschen Bühnen vortrugen. Die Fabel vom Profax, der noch Fragen hat und sich an die Kreuzung vom Erdenreich zum Fegefeuer begibt, war eine Geschichte, die viele Leute sehr gut fanden.

Goethe verschaffte sich bald die erste Schriftfassung aus England „That Walking is the Millers Lust" und übersetzte sie sich so gut er konnte. Die Kernidee mag er übernommen haben, aber solch spannende Momente wie die vorgeschlagene Wette zwischen Teufel und dem Doktor oder das Hexeneinmalsieben hat er sich ganz allein und selbst einfallen lassen.

Anmerkungen

4 *Dann reimt ... genuch*: Schon zu Beginn wählt der Dichter die antike Metrik des Amphibrachtrachaeus. Ein dreisilbiger Jambus im Wechsel deutet auf Goethes akribisches (von grch. ακριβος „besessen, wie ein Bekloppter") Studium des klassischen griechischen Dramas hin. Besonders das Urwerk Ταξιδί στο Γερύσαλεμ des mykonosischen Dichters und Küchenchefs Ahoikolossos (ca. 4000 - 3892 v. Chr.) hatte es Goethe angetan. Er konnte es praktisch auswendig.

15 *Nomaden*: Volksstämme ohne Mieterschutzbund e.V.

24 *Dass er ... das Wesentielle sichtet*: Eine der wenigen Passagen, die fast unverändert von Goethe aus seiner Rohfassung, der „Urmuehle", im schlussendlichen Skript übernommen wurden. Man schließt daraus, dass ihm diese Zeilen besonders am Herzen lagen, oder ihm nichts Besseres eingefallen ist.

27 *Bayernleut*: Süddeutsches Bergvolk, das sich vornehmlich dadurch auszeichnet, an der Entwicklung der Schriftsprache nicht teilgenommen zu haben. Siehe auch: 28 Schmarrn.

28 *Schmarrn*: Eine süddeutsche Teigspeise, bei der Eischnee untergehoben wird.

53 *Wagner*: Deutscher Festivalleiter und Donner und Doria-Komponist. Vielen Leuten heute nur noch vom Hörensagen bzw. vom Sagen hören bekannt. Werke u. a. Der Walkürenhit, Die Meistersänger von Simmelsdorf.

59 ff. *Stoesst erstens ... Nummer sieben!*: Das berühmte Hexeneinmalsieben blieb Vorlage für viele un- bis mehrschlüssige Interpretationsausbrüche in spirituellen, akademischen bis hobbyokkulten Zirkeln. Erstaunlich bleibt, dass Goethe seinen Protagonisten den siebten Schritt weder durchführen noch ausformulieren lässt, was die Vermutung anregt, es handele sich um einen besonders maliziösen Absatz. In der genaueren Deutung des mathematischen Enigmas geht man davon aus, dass es ein Zahlenspiel ist, in dem der Autor selbst, im Hinblick auf seinen bald bevorstehenden Tod, sein Alter errechnet, dass er gehabt haben wird, wenn er den Text jemals beenden sollte.

59 *Schuhu*: Nachtkauz, wie Goethe als Künstler selber einer war, der seinen Namen einer ebenso kauzigen Onomatopoesie verdankt. Heute fast ausgestorben finden sich die letzten Exemplare im Kaukasus, diversen Ländern mit der Endsilbe „-stan" sowie im Vögelpark Walsrode.

62 *Leu*: Werbeträger und Maskottchen eines zu Goethes Zeiten bekannten Schuhfabrikanten. Erlebt als Comicfigur spannende Abenteuer mit seinen Freunden Unkerich und Zwerg Pippin, dessen dramaturgische Höhepunkte stets die Errettung aus einer Gefahrenlage durch gutes Schuhwerk ist. Oder: Kurz für Leuzanthrit (chem. L^2N^4H), ein rotharziger Stoff, der bei der Gewinnung von Krispschnitt entsteht. Ob jedoch dieses Element zu Goethes Zeiten schon entdeckt war, ist umstritten.

65 *kuerassiert*: Veraltete sexuelle Variante, bei der zur Klimaxerklimmung ausschließlich die Hände eingesetzt werden. In der Präpräserzeit keine seltene Praxis.

79 *rote Oel*: Bitterschmeckendes Spritzgetränk, siehe auch Campari.

87 ff. *sind wir ... Bekannte nannte*: Goethe verlässt kurz das klassische Metrum und bedient sich dem norddeutsch-völkischen Stapelreim. Siehe auch Goethes Werk *Per Anhalter durch Niedersachsen* S. 24, Z. 23ff. „Osnabrueck hin und zurueck, ich schaff die Strecke, wenn ich auf die Tube drueck' an einem Stueck, mit etwas Glueck".

94 *Krampus*: Franscheißbackwarenkette mit Dumpinglöhnen. Siehe auch Back Factory, Back Werk u. a.

97 *Plot*: Kurz für lat. Plotterus (Edelrahm).

111 *Wetten, dass:* Deutsche Zwangskulturinstanz, dessen Nachfolgemoderation Hape Kerkeling abgelehnt hat.

112 ff. *Lassen Sie ... nun einweihen*: Zitat aus Goethes Korrespondenz mit W. H. Erdmann, der seines Zeichens sukzessiv zu Goethes Erzhelferli avancierte. Nach Goethes Debut *Die Weiden des jungen Lehrters* war Erdmann, wie viele seiner Generation, voller Bewunderung für den Autoren. Er brach die Schnitzlerlehre in Hamburg-Ossendorf ab und brach zu Fuß (mit einem Aufenthalt in Uelzen) nach dem Herzogtum Hannower auf, um sich dort als Aderlassgehilfe zu verdingen und fortan seinen gesamten Verdienst in Briefmarken für den Schriftwechsel mit seinem Idol zu verwenden. Erdmann erwies sich, im Gegensatz zu Heine, den Goethe einfach nur nervig fand, als idealer Brieffreund für Goethe. Als der alternde Dichter nur noch literarisch-schwache Gestionen in die Welt aussandte, war es kein anderer als Erdmann, der ihn wieder ermutigte, ein Comeback zu wagen. Auch wenn sein Erzjünger dafür nie ein Entgelt bekam, geht man doch davon aus, dass ohne Erdmann Goethe seine „Muehle" niemals beendet hätte.

127 *knutschen*: Frühe Form von gruscheln.

150 *Amor*: Hauptstadt von Frankreich.

158 f. *Es muss ... wandern ein*: Altes deutsches Volkslied. Siehe auch „Mein Vater war ein Wandersmann trari trara" oder „Wir singen Tralala und tanzen Hopsassa".

1169 *Mummenschanz*: Dieser Terminus ist inspiriert von Goethes zweitem Kölnbesuch, verschriftlicht als *Koelnische Reise*, in der ausführlich Goethes Faszination über das harlekineske Karnevalstreiben deutlich wird. Besonders häufig finden sich jeckenhafte Ausdrücke in Goethes Kapiteln über seine Besuche im Roxy und Chains.

1180 *verrueckt*: Altdeutsch für „crazy" oder auch „total crazy" oder auch „und ich so, voll crazy".

1180 f. *Maedchen. Am Muehlrad.*: Diese Szene, die ausschließlich in elegischer Monologform gehalten blieb, inspirierte über die Jahrhunderte viele Bildhauer, Maler, Maurer, Verschaler zu skulpturellen Darstellungen des bekannten Mädchen-Motivs. Auch Komponisten nahmen sich dieser Szene an, in der die Protagonistin zwischen Leben erhalten und Liebe bekommen, entscheiden muss. Herausragend in seiner Bearbeitung ist die Schmonzette von Peter Schubert (1862-1826). Der bekannte Wuppertaler Klavierspieler und Pianist verschied leider stets viel zu früh, so dass viele Köcherverzeichnisse in seinem Namen leer blieben. Mit *Maedchen am Muehlrad* hat, der in ärmsten Verhältnissen als Sohn eines Bürstenbinders geborene Komponist, jedoch ein Kulturerbe geschaffen, welches heute noch FachmännerInnen schwermütig spekulieren lässt, welch große Werke dem Genie aus der Schwebebahnstadt wohl noch eingefahren wären.

1181, 1185, 1189 *meine Muehle*: Anapher, siehe auch Goethes Gedichtband IV, *Lichtung und Klarheit*; z. B. „Die Peristaltik war gewaltig, die Peristaltik wurde faltig".

2375 f. *Schwaester*: Wurde erst zur dritten Lautverschiebung im März 1916 in der Grevenbroicher Konferenz in die heute verwendete Schreibweise ohne Umlaut geregelt.

12569 f. *erbarme dich ... umarme mich*: Berühmte Zeile, die später u. a. als Hommage an das Allerweltsvorbild Goethe vom jungen Wilhelm W. Busch Jr. in seiner Dichtung *Der Froschkönig und andere Tümpeleien* aufgegriffen. Sowie auch 1973 von Fips Asmussen auf seinem Album „Live at the Schützenfest Visselhövede" im Gedichtzyklus *Louise Böhm und andere Ferkeleien* bearbeitet.

12571 *Nimbus*: Lat. Schwein

12574 *Kompagnon*: Populärer studentischer Ausdruck zu Goethes Zeiten, als dieser noch allabendlich in Leipzig im Pubarsch verkehrte. Besonders in Goethes Frühwerken (*Familienbande* u. a.) schmückte er viele seiner Texte mit gängigen Wendungen aus dem Universitätsjargon. Vom Erststudium an der Aurora Multitudine zu Frankfurt zwar mehrfach konsiliiert (u. a. wegen unlauteren Duellierens, Lug, Trug, Unfug und Fummelei), erlangte er doch bald durchweg den Leumund einer Haudegen- und Yuppiefrohnatur ersten Ranges. Da kannte er noch ganz andere Ausdrücke ...

12587 *Saft*: So was Ähnliches wie Fanta.

12590 *ficht*: Altdeutsch für „fickt".

12598 *Ränkeschmied*: Jemand, der Baugerüste aus Gusseisen anfertigt. Damals noch kein sehr angesehener Beruf und hier als Beleidigung gemeint. Heute im Sinne von „Geh doch nach Hause Du alte Scheiße".

„Wir müssen die Mühle unseres Vaters verkaufen"

Ernest Hemmingway Jr.

Jack Jott Kreidler stand krank zum Lebensende am Urinal. Seine Gefühle schossen blind wie Fledermäuse hallend durch die Gänge seiner Ganglien. Seine rechte Hand fest am Innenrand des Marmors, der Schweiß seiner Handfläche lief ins Spülwasser. Seine linke Hand umschloss die geschwollenen Adern seines Halses, als hoffte er, sie dadurch vom Zerplatzen abzuhalten. Aber sogar wenn er sich selbst hätte erwürgen wollen, er wäre schon zu schwach dafür gewesen. Wie konnte ihm nur sein langer Weg in diese Schwäche nicht aufgefallen sein? Randvoll war sein Leben gewesen mit Gelegenheiten, sich umzubringen. Alle hatte er sie verpasst.

Heute war er nur noch eine Witz-, gar eine Wachs-, gar eine Wichsfigur im Kabinett seines Lebensschatten. Eine Parodie seiner selbst auf den Suchen nach Siegen. Würde er es irgendwie schaffen, sich heute Nacht umzubringen, würde ihm das auch keiner glauben.

Ganz nah draußen im Nebenraum war dumpf nur das Klirren von aneinanderschlagendem Geschirr und das Plärren alter, verkratzter Swingaufnahmen zu vernehmen; auch hier nur die richtungslose Existenz der Anderen.

Seit Anfang der 60er Jahre lebte er nun in Paris. Seit 10 Jahren besaß er das Nachtlokal im marokkanischen Viertel der Stadt, die ihm schon wie die seine vorkam. Jedes Pflaster hatte er dort freiwillig oder gezwungen oder ausversehen geküsst. Kaum ein fliegender Schwarztrödler oder ein schäbiges Weibsbild, mit dem er noch nicht schon geschoben hatte, war ihm geblieben. Er fühlte es als sein Paris; seine Stadt, seine Straßen, seine Seine. Leider scherte sich die Stadt lange Zeit schon nicht mehr um Jack Jott Kreidler. Früher arbeiteten die Mädchen noch fleißig vorn im Lokal für ihn, aber er wusste, schon lange hatten sie jeden Respekt für ihn vor ihm verloren. Ihre Haupttätigkeiten waren nun nur noch das Inventar unpfleglich zu behandeln und ewiglich die gleichen schlappen Jazzschallplatten rauf und runter zu dudeln.

Sein rechter Arm zitterte unter der zusätzlichen Belastung, den ganzen Körper vor dem Urinal zu stützen, als er versuchte die linke Hand langsam über sein furchiges Gesicht zu führen, seinen Kopf zu erfühlen. Jack Jott Kreidlers schüttere Haarbüschel, fleckartig auf seinem Schädel, konnten die dortigen runden Melanome nicht mehr verstecken. Er war zu schwach eines von ihnen aufzukratzen, aufzuschlagen gar, und so krallte er einfach die Nägel seiner Finger in den Beulenrand, und ließ plötzlich alle letzte Kraft aus dem Arm, welcher sofort schwer bodenwärts schlug, die Kappe des Geschwürs mit sich reißend. Blutiger Sand rieselte aus der offenen Wunde auf Jack Jotts Jackettschulter und auf die Jahr um Jahr mehr nahenden Fliesen.

Er begann zu brummen. *Go down, Moses, way down in Egypt's land.* Als Kind hatte er bei seiner Tante Ludo in Alabama stets als lautester beim Gottesdienst mitgesungen. *Way down in Egypt's land.* Damals noch in knabenhafter Falsettstimme. Von dieser Stimme war heute nichts mehr übrig. Sowieso konnte, dachte er, in seinem Fall von Stimmklang überhaupt nicht mehr die Rede sein. Wenn er sprach, und das tat er monatlich weniger, erinnerte er nur mehr an einen blubbernden, brodelnden Sumpf, in dem jeder, der sich diesem zu nahe wagte, unvermeidlich versinken musste.

Seine Tante Ludo besuchte er oft. Jack Jott Kreidlers Vater war ein verschrobener Trinker, ein konservativer Sonderling par excellence gewesen, seine Mutter nur ein dumpfes Wesen in dessen Schattendasein. Oft brachten beide die Wochenenden an irgendeinem anderen fernen Platz in den Weiten der Vereinigten Staaten von Amerika zu, während Jack Jott zu seiner Tante nach Acreton/Alabama gesandt wurde. Nie hatte Jack Jott gesagt bekommen, wo seine Eltern ihre Zeit ohne ihn verbrachten. Aber aus einem Wochenende Verschickung wurde bald ein Monat, wurde bald ein Jahr, kamen die Eltern bald gar nicht mehr zurück.
Die strenge Tante Ludo gehörte der Church Of God (engl. Gottes Kirche) an und erreichte ihr Ziel, jeden ihr begegnenden Zeit- und Artgenossen zum Glauben an den Herrgott zu bekehren, bemerkenswert oft. In den 30er Jahren zählte ihre frisch gegründete Gemeinde gerade mal zwei halbe Dutzend Mitglieder. Keine zwei Dezennien später hatten fast zehn Millionen Menschen oder mehr durch sie den Glauben gefunden. Tante Ludo war unerbittlich und eine zu flexible Auslegung der Heiligen Schrift, konnte sie in Rage bringen. Die sakrale Trinität und die Sieben Heiligen Sakramente (Taufe, Ingression, Firmung, Hochzeit und Todessalbung) waren für Tante Ludo Lebenssinn, siegreiche Existenz in Selbstverständlichkeit per se. Wie oft hatte Jack Jott es erlebt, dass während des täglichen Gottesdienstes, mitten in der Predigt seiner Tante, ein Gläubiger aus seiner Bankreihe sprang, blindlings nach vorn gen Podiumskanzel stürzte und laut schrie, er sähe das Licht, er sähe

das Licht, ob man es nicht auch sähe, er sähe das Licht. Zufrieden und mit großen starren Augen beobachtete Tante Ludo jedes Mal einen solchen Vorfall, wartete kurz, bis sie den Erleuchteten zu beruhigen und zu loben begann. Er habe eine der größten, schönsten und heiligsten Erfahrungen eines wahren Gläubigen gehabt, nun aber auch die noch viel strengere Pflicht, den Segen der Church Of God weiterzutragen. Nicht selten hörten die jeweils Erleuchteten Tante Ludos Rede mit Schaum vor dem Mund.

Quietschend rutschte Jack Jott Kreidler mit der rechten Hand vom Urinalrand ab, schlitterte in das Abflusswasser, schlug mit dem Kinn auf dem oberen Marmor an. Sein Gebiss krachte laut und aus seinem Zahnfleisch schoss eineinhalb Meter weit die Blutfontäne. Mit den Unterarmen am Pinkelbecken entlang, stemmte er sich schwer wieder hoch. Er verschnaufte und wie aus fernen Welten Eingebung knurrte er: »*Oppressed so hard they could not stand. Let my people go.*«

Dem kleinen Jack Jott war es nie vergönnt gewesen auch nur eine Lichterscheinung leiblich zu erfahren. Plötzlich schoss wieder jemand aus einer der umliegenden Kirchenbänke hervor und ließ Jack Jott arschlings zurück, sich fragend, was er nur falsch machte, dass es ihm nicht geschenkt wurde, das Heilige Licht zu sehen. War sein Glauben so viel dürftiger als der der anderen? Sicher hatte der Allmächtige gesehen, wie er, bei Ausflügen in die Nachbargemeinde Oakshot, der Versuchung regelmäßig erlegen war. Im ersten Fall hieß sie Joanne. Und dann Mathilde. Und Francine. Und Clara und Carla. Und Nadine und Caroline. Und Rosie und Wanda. Christine und Rosalie. Eine hatte ihm nie ihren Namen gesagt, nur, sie sei Supermanns große Schwester. Aber stets hatte Jack Jott um Verzeihung gebetet, bevor er ihnen Schleifen geöffnet und Schöße gestreichelt hatte. Doch tief in seinem Innern wusste er doch, dass die Heilige Schrift dieses nicht und unter keinen Umständen billigte, wenn man nicht immer vorher heiratete. Oft schlug er in der Dunkelheit auf Tante Ludos Dachboden, wo er zu nächtigen hatte, auf sich ein, in der fast vergeblichen Hoffnung die schalen Dämonen aus seiner waidwunden Seele zu vertreiben. Doch immer wieder nahmen sie Besitz von ihm. Und jedes Mal, saß er in der heiligen Kirche seiner Tante zur Predigt, wurde ein weiterer Gläubiger vor allen Augen aller ins Licht gerissen, wusste er, dass ihm die Hölle schon einen Trog reserviert hatte, ihn ewiglich dort zu quälen. Dem Schlendrian den Urian, lehrte ihn seine Tante täglich.

Das Geld für Tante Ludos erste Kapelle spendete damals der Bürgermeister, Mister P. C. Thornton, nachdem sie persönlich in seinem Amtsbüro vorstellig geworden war, ihm von dem nur kurzen Dasein auf Erden, der unausweichlichen Zuweisung, ob Himmel oder Hölle, dass Licht oder Limbo uns alle und einen jeden von uns erwarten würde, zu berichten. Gern überreichte der Bürgermeister der hartkantigen Tante einen Scheck zum Bau eines Gemeindehauses. Bis heute hält sich das Gerücht, dass es sich dabei um eine fünfstellige Summe gehandelt haben soll. Aber mit Sicherheit kann das natürlich keiner sagen.

Mister P. C. Thornton gelangte gleichwohl erst etwas später, mit der Wahl zum Gouverneur von Ohio, zu Bekanntheit und bald darauf als Interpret von *„You and me on Christmas Eve"* zu Beliebtheit. Tante Ludo sah dies als Beweis an, dass jeder, der ihre Gemeinde unterstützt, auf ein glückliches Folgeleben auf Erden vertrauen kann.

Eines Tages bekam Jack Jott Post von seinen Eltern. Sie hätten beruflich sehr viel zu tun, würden nun in Frankfort (am Kentucky River) leben, Daddy würde für eine Nachrichtenzeitung arbeiten und er, J.J., solle fortan bei Tante Ludo leben. Dort habe er es besser. Jack Jott hatte keinen Ausdruck für diesen Brief, er faltete ihn zusammen, ließ ihn auf der Veranda liegen, der Wind trug ihn fort.

Als Jack Jott Kreidler als Heranwachsender begann die Nächte whiskeygetränkt im Ford Fairlane seines verstorbenen Onkels - Tante Ludo ließ keinen Zweifel daran, wo sich ihr Ehemann nun nach seinem Ableben befand, sie war nicht sehr zufrieden über sein Betragen zu Lebzeiten gewesen - durchzubringen, fuhr angetrunken nach Oakshot zu Joanne, Mathilde, Francine, Clara, Carla, Nadine, Caroline, Rosie, Wanda, Christine oder Rosalie und schwer angetrunken wieder zurück nach Acreton. Manchmal mehrmals nächtlich. Jack Jott Kreidler hatte bereits jegliche Hoffnung jemals das wahre Licht zu sehen, durch Gott gesandt, aufgegeben. Er war ein schlechter Schüler gewesen, der seine Lehrer anlog, er war ein übler Teenager, der den Mädchen nachstellte. Seine Eltern hatten dies nur schon viel früher als er selbst gewusst, ihn daher auch lieber zu seiner Tante fortgeschickt. Seine schwarze triefende Seele war von Geburt an in ein endlos tiefes Labyrinth des Verlierens geschmiert. Jede Hoffnung jemals wieder Oberhand über sein Leben zu gewinnen, war krachend aus seinem Geiste gefallen.

Eines Nachts, auf der Landstraße nach Acreton, kurz vorm Ortseingang, passierte es dann: Jack Jott Kreidlers erster Mord.

Der alte Nestor war sicher schon über achtzig Jahre gewesen. Früher Fischer in Mittelamerika, heute der ganzen Gemeinde als harmloser alter Spinner - der, auf die Erfindung des Flaschenpfands wartend, durch die Gegend zog - ans Herz gewachsen.

Jack Jott sah den alten Nestor am Straßenrand seinem fahrenden Ford entgegenkommen. Der unglückliche Lenker hatte den Greisen kaum beachtet, nahm wie gewohnt einen Schluck Whiskey aus der Flasche seines Namensvetters, als ihm ein Schlagloch in den Südstaatenstraßen den hochprozentigen Brannt in die Luftröhre spülte. Jack Jott Kreidler musste husten, rutschte mit den Armen am Steuer herunter, und als der Wagen unaufhaltbar nach links ausbrach, konnte der Fahrer nur noch kurz das stummschreiende Gesicht des alten Fischers sehen, bevor ihn der mächtige Ford Fairlane, der Stolz der amerikanischen Automobilindustrie, überrollte. Jack Jott Kreidler bekam eine Nummer vor Gericht und wäre sofort wegen fahrlässiger Trunkenheit am Steuer ins Landesgefängnis gekommen, wäre seine Regierung nicht gezwungen worden, in den außer Kontrolle zu geraten drohenden Krieg in Europa einzuziehen. Man bot Jack Jott an, anstelle im Westfarland County State Prison eine Zelle zu beziehen, Stellung im Anti-Nazi-Krieg zu halten. Er nickte das Angebot durch.

Jack Jott Kreidler schien mit dieser Fügung verbrieft: Sein Leben bestand aus Schlachtfeldern, ein Trümmerhaufen ging in den nächsten über. In dieser Nacht am Urinal die Ruinen seiner Wahl bedenkend, erinnerte er sich, dass es in den ersten Wochen im Militärausbildungscamp, welches er gegen lebenslänglich Knast durch das Zutun der Weltgeschichte tauschen durfte, war, als er aufhörte, von sich in der ersten Person zu reden. Sein Leben lang hatte er getrunken, gelogen, verführt und gesündigt. Nie würde er mehr das Licht sehen, nie soll er sich mehr Wert genug sein, von sich in der ersten Person, von sich als „ich" zu sprechen, gar nur zu denken. So viel Wert hatte er nicht mehr auf dieser Welt.

Als er daraufhin von sich aber nur noch in der zweiten Person sprach, stiftete er damit so viel Verwirrung - sogar in seinem grammatikalisch behäbigen Soldatenumfeld -, dass er sich sogleich ein weiteres Mal um ein Personalpronomen degradieren musste. Jack Jott Kreidler gab es fortan nun mehr als „er", in der dritten Person. Sein Vater verdingte sich als Reporter für die Republikaner und all die Briefe Jack Jotts aus dem Trainingscamp an die Eltern in Frankfort (a. K. R.) blieben unbeantwortet. Dabei war es nicht sehr unwahrscheinlich, dass er aus Europa nur noch im Sarg, und wenn überhaupt, zurückkehren würde. Ein letztes Mal nahm er Papier und Stift zur Hand, wollte ein letztes Mal noch Sohn sein. Aber wie er es schon ahnte, für seine Eltern war er kaum mehr als ein gemeingefährlicher Trunkenbold, ein alkoholkranker Mörder.

Tante Ludo war eine unbeirrbare und aggressive Gläubige, doch als eine ebensolche Führerin der Church Of God, mit besten Kontakten in die Politbüros von Alabama und Georgia. So standen die Chancen nicht schlecht, dass, hätte er ihr geschrieben, sie in einem Brief um Hilfe gebeten hätte, sie ihn tatsächlich vor Knast oder Krieg bewahrend, zurück in die Gemeinde nach Acreton hätte holen können. Der derzeitig amtierende Gouverneur Joseph Geepoint Scottnald hatte dieser Tage Schwierigkeiten mit der Presse, ob eines Liaison-Skandals und hätte viel um die Gnade seiner unerbittlichen Gegnerin Mrs. Ludo aus Acreton gegeben. Aber Jack Jott Kreidler hätte die Schande einer solchen Rückkehr in den Gemeindeschoß wohl nie aushalten können. Er wäre fortan nur das treu- und chancenlose Faktotum der Glaubensgemeinschaft gewesen, in seinen jungen Jahren regungslos Anderer Anweisungen folgen müssend. Und jeder um ihn herum hätte immer gewusst, dass ihm das wahre Licht eines Tages zu sehen auf ewig verwehrt bleiben würde. Nein, so wollte er nicht leben.

Doch plötzlich fiel es ihm ein. Hatte der Allmächtige ihm nicht schon einen Hinweis gegeben? Einen Wink, was seine Aufgabe auf dieser Welt war? Was er zu tun hatte, was er am besten konnte, was seine Funktion war, worin er siegreich sein würde? Deutlicher konnte ihm der Allmächtige keinen Hinweis geben: Er sollte töten. Jack Jott Kreidler war ausersehen zu töten. Das Unrecht auf der Welt mit der Waffe auslöschen. Er solle nach Europa gehen und dort Deutsche und sowas schießen. Dies war die einzige Hoffnung, die Jack Jott Kreidler blieb und er klammerte sich an sie wie ein blindes Koalababy.

Thus saith the Lord, bold Moses said, Let my people go. Das Erste, was ins Becken tropfte waren Jack Jott Kreidlers Tränen. Die alten Hände an die obere Seite des Urinals gelegt, die Arme leicht gestreckt. Den Kopf haltend als müsse er sich übergeben, fielen anstelle wenige Tränen ins Spülwasser. Der Besucher vor ihm hatte nicht gespült.

Jack Jott Kreidler war zwar der Besitzer dieses kleinen unbedeutenden Pariser Kneipenpuffs, aber auch er musste wie alle anderen das öffentliche Herrenklo benutzen. Einzig und allein ein kleines Zimmer in der oberen Etage zum Sinnieren, Sedieren und Siechen, war ausschließlich ihm vorbehalten. Aber auch jenes kleine Privatzimmer, sowie die beiden angrenzenden Räume, in denen die Mädchen sich und ihn und das Lokal zu finanzieren suchten, besaß nur ein Waschbecken; eine Toilette gab es ausschließlich in der unteren Etage. Für alle zugänglich. Und auch wenn es noch mitten am Nachmittag war und das Etablissement durchaus schon geöffnet hatte, fürchtete Jack Jott Kreidler nicht, gestört zu werden.

Die Kasse am Tagesende zeigte immer deutlicher, dass stetig weniger Gäste Kreidlers Kneipenbordell besuchten. Nicht mal der pyknische Belgier mit den Krissellockenresten auf dem Kopf und dem ewiglich aus dem Hemd züngelnden Brusthaartoupet, der jeden Abend aufs Neue von der Nacht erzählte, in der er mit Charles Aznavour gesungen hatte, hatte sich schon lange nicht mehr blicken lassen. Jack Jott Kreidler konnte sich also so viel Zeit in den sanitären Anlagen lassen, wie er wollte; andere Herren außer ihm waren rar in Kreidlers Club geworden.

Schon seit Monaten benötigte Jack Jott Kreidler immer länger vor dem Pinkelbecken. An die Zeiten, als Wasserlassen noch eine Selbstverständlichkeit war, konnte er sich schon nicht mehr erinnern.

Er wurde nach Italien, in die Nähe von Concesta, versetzt. Und obwohl sein Regiment nur aus Landjungen mit ähnlich rauem Lebenslauf wie dem seinen bestand, konnten ihnen die schwächlichen Spaghettis nichts entgegenhalten. Ihre Leichen klebten an den ockernen Dorfwänden wie die weichen Makkaroni, die sie tags zuvor noch in sich hineingeschaufelt hatten. Schon nach wenigen Wochen, im April 1945, brauchten die US-Truppen nahe Concesta nur noch die Stellung halten und das Volk mit unangekündigten Razzien zersprengt, unorganisiert lassen. Wie viele faschistische Feinde Jack Jott Kreidler in den Wochen zuvor ausgelöscht hatte, war für niemanden mehr zu zählen gewesen. Es war ein eigenartiges Gefühl für ihn auf der Seite der Sieger zu stehen. Zum ersten Mal in seinem Leben gehörte er zu den Gewinnern. Dass ausgerechnet auf diesem Wege das Glück zu ihm finden sollte, blieb für ihn schwer nachvollziehbar. Gewiss, sein Land hatte ihn gebraucht, sein Gott hatte ihn geschickt. Er hätte sich freuen können, diesen Auftrag ausgeführt zu haben, doch immer wieder beschlich ihn das Gefühl, ein Sieger, der anstelle auf einem Podest, auf einem Leichenberge steht, zu sein. Nicht nur all die italienischen Soldaten, die böse Faschisten waren, und den Tod durch seine Hand verdient hatten, nein, eine weitere Leiche trat in seinen Träumen aus den Reihen toter Legionäre heraus: die des alten Fischers Nestor. Hätte er den alten Mann nicht in dieser Nacht totgefahren, noch heute wäre Jack Jott Kreidler ein Niemand.

Ein Niemand, der trunken zwischen Acreton und Oakshot hin- und herfährt; ein Paria, den niemand will; ein Ausgestoßener, oder noch schlimmer, ein Unbeachteter. Hätte wenigstens noch jemand mit dem Finger auf ihn gezeigt vor Ekel, das wäre doch schon etwas gewesen. Stattdessen war er allen egal, niemand beachtete ihn. Und das hätte sich nie geändert, hätte Jack Jott Kreidler sich in dieser Nacht am Steuer seines Onkels Fords nicht an Reverend Jack Daniels verschluckt und den alten Mann getötet. Dieser Niemand, der er damals war, hätte sich doch niemals freiwillig an einem Krieg beteiligt. Nicht, dass er sich gefürchtet hätte, mehr noch: Es wäre ihm wurscht gewesen. Seine ganze Nation war ihm am Arsch vorbeigegangen. Doch dann änderte sich alles, dann brauchte man ihn, und aus einem Irgendjemand, der nicht einmal zum Verlieren taugte, wurde ein Sieger.

Eine Weile fühlte er sich gut, war bestätigt in seinem Dasein; nur ein paar wenige Tage in seinem Leben.

Doch als die Kämpfe vorbei waren und nur noch das befriedete Volk überwacht werden musste, begann sein Wissen über seinen Siegerstatus langsam in Unsicherheit aufzubrechen. Immer weniger schien ihm dieses Volk im Süden dieses für ihn so fremden

Kontinents als ein gefährlicher Aggressor, dem nur ein starker Potentat Stabilität bringen konnte, denn als eine friedliche und freundliche Kultur, lebensnah und lustig. Was man ihm erzählt hatte, über blutsaugende, Weltherrschaft zu erringen suchende, Meuchelmörder, die man dort vorfinden würde, stimmte nicht. Dort als Besatzer stationiert, wurde ihm bald klar, es hatten nur einige Menschen andere Menschen in die Knie gezwungen. Erst die einen die anderen, dann die anderen die einen. Mehr war nicht geschehen. Auch wenn er zugeben musste, in seinem Leben zuvor noch nie ein Sieger gewesen zu sein, bald war er sich sicher: So fühlt sich kein Sieger. Jack Jott Kreidler war nicht erfolgreich, nicht wichtig - nicht für sein Land, nicht für seine Nation, nicht für seinen Gott. Man hatte ihm Lügen erzählt.

Lieber wäre es ihm gewesen, er wäre von der Gegenseite gefangen genommen worden. Das wäre, was er verdient hätte. Dafür, dass er Familien zerstört hatte, Fremde geschossen, trunksüchtig und nutzlos war, den alten Mann zu Tode gefahren hatte. Gefängnis und Folter und einen qualvollen Tod hatte er verdient, nicht ein Lob von seiner Regierung, ausgerichtet ausgerechnet von seinem Vorgesetzten.

Während seine Soldatenkollegen sich in Selbstgefälligkeit suhlten, im Schichtdienst die Einwohner schikanierten, und nach Dienstschluss Playmate-Poster für ihre Spinte tauschten, begann Jack Jott Kreidler wieder in Einsamkeit zurückgezogen zu trinken.

Er starrte tagelang stumm auf seine Hände, die Klauen eines moribunden Misanthropen, bis die Dämmerung ihn zwang, zurück in die Baracken zu den anderen amerikanischen Landjungen zu gehen.

Erst als der Mai in voller Blüte stand und der Welten kalte Winter vergessen machte, verfing sich in Jack Jott Kreidler eine Veränderung. Was genau es war, das ihn sich erheben ließ, konnte er nie feststellen. Eines Tages wollte er nicht mehr die dienstfreie Zeit im braunen Camp verbringen. Er stand einfach auf, meldete sich am Tor ab und ging hinaus ins Freie.

Auf vielen Patrouillen hatte er die Einheimischen beobachtet. Die italienische Lebensart reizte ihn bald sehr. Immer häufiger verließ er nach Dienstende das Lager, um, anstelle seine Mitsoldaten auf Kekse wichsen zu sehen, mit den Bewohnern des naheliegenden Porteferra zusammenzusitzen. Glücklich über ein paar schlecht gelernte und schlecht gesprochene Brocken italienisch, konnte er zumindest freundlich grüßen, danken und wahlweise zu- oder nicht zustimmen. Er war beeindruckt, wie schnell dieses gebrochene Volk in seinen Trümmern wieder zu einem Lebensweg fand. Ihm selbst war dies, unter besseren Voraussetzungen, im wirtschaftsstärksten Land der Welt, in einer fundierten Gemeinde, nie gelungen. Immer wieder aufs Neue war er überrascht, wie selbstverständlich man hier kommunizierte. Das Reden war von fächernden Gesten geziert, immer klopfte man sich auf Schultern und Rücken, und, wie er gelegentlich auch sah, die Herren den Damen auf die Hintern. In der Welt, aus der er kam, versuchte jeder nur jeden in die Sklaverei, ins Irrenhaus oder Grab zu bringen. Hier schenkte man sich die ersten geernteten Frühlingsfrüchte. Und etwas war Jack Jott ganz besonders aufgefallen, man aß nie allein hier, immer gemeinsam; die Arancias und die Pomodoros waren wichtige Begleiter in ihrem Lebensspiel. Und noch etwas fiel ihm auf, auch die zerlumptesten und kriegsgeschundensten Opfer, auch die wildesten, unter Verlust vieler Gliedmaßen unterjochten ehemaligen

Partisanen, die man sonst nur mürrisch und gefährlich vernarbt am Wegesrand sah, blühten stets und völlig unvorhersehbar und in aufrichtiger Herzlichkeit auf, sahen sie ein Kleinkind, eine Familie mit Nachwuchs auftauchen. Da bewegten sich widererwartend ihre reptilienhaften Körper unter der Sonne wieder und voller Leben wurde der Kopf eines jeden Kindes gestreichelt; fort schien in diesen Momenten jedes erfahrene Kriegsleid. Gestalten, denen selbst der stets bewaffnete Jack Jott Kreidler niemals im Dunkeln hätte begegnen wollen, wurden unvermittelt die mildesten Geschöpfe auf Erden; nur durch den Anblick eines Kinderlächelns.

Jack Jott Kreidler bemerkte gar nicht, wie er dieser Tage mehr und mehr den Alkohol gegen das Lächeln der Dorfbewohner von Porteferra eintauschte. Er hatte von US-Soldaten gehört, die ihre eigenen Ehefrauen umbrachten, weil diese ihnen verboten hatten, zu trinken, was und wie viel sie wollten. In nur wenigen Yankee-Bundesstaaten galt diese Handhabe als Verbrechen. Und hier vergaß Jack Jott einfach immer mehr, seinen Kopf in Trunkenheit zu dämpfen. Dabei wäre es sein gutes Recht gewesen. Viel wichtiger war ihm die Sonne auf den Wiesen und den Gesichtern, der hier Beheimateten. Viel erfüllender war ihm an deren Straßenrändern zu sitzen, während er naiv radebrach.

Anfangs noch mied man ihn, hielt ihn für einen spionierenden Besatzer, oder gar für einen streitsuchenden Schläger. Aber jeden Tag kam er mehr und mehr mit den Ältesten, dann mit den Kindern, ins Gespräch, ließ sich von ihnen mit Handzeichen erste einfache Hauptwörter und Pronomen ihrer Sprache zeigen und gewann so nach und nach ihr, ihm sehr viel bedeutendes Vertrauen.

Eines Tages, Jack Jott Kreidler versuchte gerade den Kindern des Dorfes Baseball zu lehren, kamen Holzkarren mit Italienern aus dem Süden hereingefahren. Die meisten der Wagen waren mit jungen, von Tod und Gefangenschaft verschont gebliebenen, Männern besetzt. Eine ehemalige, unentdeckte Widerstandszelle? Porteferra freute sich über den Treck, da es selbst viele ihrer jüngeren Bevölkerung in Kampfhandlungen eingebüßt hatte. Junge kräftige Schultern wurden dringend gebraucht. Da sah Jack Jott Kreidler, der nun sein Baseballspiel unterbrechen musste, auf einem der Wagen, auf den staubigen Straßen, die diese wackeln machten, zwischen all den ihn musternden Herrengesichtern, ein Antlitz hervortreten. Ganz deutlich erschien ihm die Kontur eines jungen schönen italienischen Mädchens. So schön, wie er keine zuvor jemals in Oakshot oder auch sonst wo in seinem Leben kennen sollte. Um sie herum verschwand alles in einem unbedeutenden, farbwirren Hintergrund. Auch sie sah den Fremden an, der, anders gekleidet, sich anders benehmend, mit den Kindern ihres Landes ein eigenartiges Ballspiel zu spielen schien.

In diesen Zeiten des Geschäfts konnte Jack Jott Kreidler nicht selten eine volle Stunde oder auch länger vor dem Urinal in völliger Einsamkeit verbringen. Während die Damentoilette nebenan hörbar öfter frequentiert wurde, blieben Herren, die die Örtlichkeiten aufsuchten und ihn hätten stören können, aus. Die meisten Gäste - männlichen Geschlechts vornehmlich - blieben nur kurz in Jack Jott Kreidlers Moulin Jaune. Das kleine Etablissementwrack hatte nur kurz Mitte der 60er Jahre einen einträglichen Leumund besessen. Als Amerikaner zog der Inhaber in erster Linie Landsleute auf Geschäfts- oder Individualreise an. Doch schon bald übernahmen wieder originalfrankophone Bars mit Sekt- und Sexgewerbe das Interesse der Parisbesucher. Mittlerweile sah man kaum mehr als drei Gäste am Tag in Kreidlers gelber Mühle. Die Mädchen sahen schon angezogen krank aus und die Gäste, die nur zum Trinken kamen, mussten auch stets bald gehen, da sie von den nie gespülten Gläsern und den abgestandenen Getränken, dessen Flaschen nie jemand nach Ausschank wieder schloss, Kopfschmerzen bekamen. Meistens sahen die Mädchen fern, oder dudelten die immergleichen seichten Jazzplatten auf und ab. Someday we will meet in Bombay, hörte Jack Jott Kreidler dumpf aus dem Salle d'Entrée zu ihm ins Klosett hereindringen, als er sich nun entschloss mit seinen alten grobporigen Händen, die nur noch aus Gelenkknochen zu bestehen schienen, seinen Hosenlatz zu öffnen. Dieses Kommando, freihändig vor dem Urinal, sich nicht mehr am Porzellanbecken festhaltend, ließ seine Knie, auf Gleichgewicht zu halten hoffend, zittern. Er wusste, irgendwann würde er sich totgepinkelt haben.

Schon am selben Abend traf Jack Jott Kreidler das junge Mädchen des Nachmittagstrecks wieder. Er brachte gerade den kleinen Giogio nach Hause zu seinen Eltern, um dann - weniger weil er so dienstbeflissen war, sondern ob der Strafen, nach Ausgangssperre im Camp aufzutauchen, wissend - wieder zurück zu seiner Einheit zu wandern. Giogios Mutter freute sich, ihren Sohn und Jack Jott zu sehen und berichtete voller Begeisterung, dass heute doch eine Gruppe ausgebombter Landsleute aus dem Süden angekommen sei. Tatsächlich beherberge auch sie ein paar der Neuankömmlinge in ihrem Hause. Gewiss verstand Jack Jott nur wenig ihrer hektischen und euphorisierten Rede, aber der Sachverhalt erschloss sich ihm auch so. Giogios Mutter wollte auch sofort ihren italienischen neuen Gästen den besonderen, den einzigen amerikanischen

Fremden des Dorfes Porteferra vorstellen.

Den ganzen Tag über hatte Jack Jott Kreidler an die junge hübsche Frau auf dem staubigen überfüllten Treck gedacht und war nun weniger überrascht, denn aufgeregt und glücklich, als eben diese junge Dame den Raum betrat. Sie wurden sich mit gewohnt viel italienischem Aufruhr vorgestellt. Ihr Name sei Mare. Anstelle zu sprechen, schenkte sie Jack Jott Kreidler einen zweiten tiefen Blick, wie zuvor als die Sonne noch hoch im Himmel stand. Der Augenblick schien ewig zu währen, wurde aber tatsächlich schon nahezu sofort unterbrochen, als drei Männer in den Raum dazukamen. Auch sie gehörten dem Treck an und man sah sofort, dass sie sich nur mit Mühe und den Segen des Hauses wahren wollend, welches sie gastfreundlich aufnahm, zurückhielten mit ihrem amerikanischen Nemesis sofort in Handgreiflichkeiten überzugehen.

Giogios Mutter wollte auch die drei Herren, welche Mare folgten, vorstellen, doch der vorderste unterbrach die Hausherrin schon am Satzanfang; mit einer klaren Geste deutete er, ihr zu schweigen. Einer der hinteren Männer hatte ein Auge verloren. Die Wunde war noch nicht alt, ließ also kaum Zweifel darüber offen, woher sie stammte. Mit dem verbliebenen Auge aber starrte er Jack Jott Kreidler durchdringend an. Ihr Anführer übernahm das Wort. Von seinen wenigen Sätzen verstand Jack Jott natürlich nur wenig. Aber Americano, das verstand er. Ohne zu antworten, verließ er sofort das Haus von Giogios Familie, um zu seinem Camp und zu seinen Soldatenbrüdern zurückzukehren.

Doch fast die ganze Nacht lang lag Jack Jott Kreidler wach, dachte an seine Begegnung mit Mare, ersehnte gar schon weitere; und schlief er tatsächlich einmal kurz ein, erschien sie ihm im Traum.

If not I'll smite your first-born dead. Let my people go. Gestern Abend
hatte Jack Jott Kreidler zum ersten Mal Blut im Sperma gehabt.
Bevor er nun überhaupt anfangen konnte zu pinkeln, schoss hei-
ßer stechender Schmerz von seinem linken Knie hoch in seine Ho-
den. Mittlerweile war er vom nahezu unangreifbaren Inhaber des
Moulin Jaunes zu seinem einzigen und noch nicht mal besten Kun-
den geworden. Vorgestern Nacht war es noch einmal besonders
schlecht um seine physische Situation bestellt gewesen. Babette
war noch sehr jung und hatte sich um eine Stelle unter Jack Jott
Kreidler beworben. Schon vorher hatte er an diesem Tage mehrfach jeglichen Geschmackssinn verloren, aß abwechselnd, während
ihres ersten Abends zusammen und sehr zum Amüsement seiner
neuangestellten Begleitung, alte Brotreste und noch ältere Buchsei-
ten. Nicht nur, dass ihm alles gleich war, nun schmeckte auch noch
alles gleich. Die Argumente zu einer völligen Selbstaufgabe, von
ihm, durch ihn, an das Nirgendwo, verdichteten sich. Aber eine
neue Angestellte musste geprüft werden. Jack Jott Kreidler versuchte sein Desinteresse an sich, an dem Moulin Jaune, an Babette, an allem auf dieser Welt, mit Alkohol zu verwüsten. Nur eine
weitere Nacht in seinem Leben, in der der Whiskey älter war als
die Gesellschafterin.

Zum Morgen hin sah er dann die Blutsfäden in seinem Samen auf
ihrem Bauch. Er hatte den französischen Ärzten, die ihm weiter-
hin betont glauben machen wollten, es sei alles in Ordnung, nie ge-
traut. Zwar war man tapfere Jahrzehnte zuvor noch Alliierte gewesen, aber heute, wusste Jack Jott Kreidler, sah man in ihm nur noch
einen weichbäuchigen, armen, alten Irren, ein grosse légume, ein
marchand de cochons.

Es gelang Jack Jott Kreidler und der jungen Mare geheime Zeit- und Treffpunkte auszumachen, außerhalb des Dorfes. Versteckt vom über zwei Meter hohem Schilf am nahegelegenen Fluss, abgeschirmt von Fremden unter der alten Brücke, gelang es ihnen wenigstens ein paar Mal in der Woche ungestört zusammen zu sein und sich kennenzulernen.

Mare und natürlich auch Jack Jott war völlig klar, dass die Herren, die sie als Brüder und Cousins benannte, ihre Mesalliance nicht und auf keinen Fall in der Welt billigen würden. In den wenigen Tagen, die sie unentdeckt im Fiumeschilf versteckt liegen konnten, lehrten sie sich gegenseitig ihre Sprachen. Bald wusste Jack Jott Kreidler, was er bereits vermutet hatte, die drei Männer hatten im alten Regime gegen die Amerikaner gekämpft und würden niemals eine Verbindung zwischen einer der ihren und einem Besatzer dulden.

Allenthalben weich waren Mares Berührungen und ihre Lippen ließen nie in ihrer leuchtenden Smaragdröte nach; mochte die Situation der beiden Liebenden doch noch so aussichtslos sein. Selbst sein zahnunsichtbares Verliererlächeln ließ Mare vollends verzaubert ihn für Stunden in die Arme schließen. Im Gleichklang mit Flora und Fauna zeigten sie auf all die Tiere, die sie immer wieder umschwirrten und gegenseitig lehrten sie sich deren Namen in ihrer Heimatsprache. Und jedes Mal, wiederholte Jack Jott unkundig ein italienisches Wort konturlos schlecht, musste Mare kichern, und spielte entzückt am Namenläppchen seiner Uniform. Das sie umtanzende lenzliche Zwitschern ließ beide im Glücke die Not im Überall, das gewissenlose Walten des Fatums vergessen. Und flüsterte Kreidlers Kebse ihm in feinsten Falsetttönen ein, schon kämpfte sein Gemächt wie ein roter Krebs in heißem Wasser.

Und alsbald war sein Geist der neugierigen Welt entflogen, wie weiland das Volk Israel den Ägyptern. Augenblinzelnd und bauchstreichelnd lagen sie lang und lange im sie schützenden Gras in ihrer eigenen Mischung aus Leben und Attrappe. Den Rachekarst der sie umgebenden, lüsternen Patriotenseuche ausschließend.

Die Herzen standen still, die Zeit jedoch nicht.

Eines Tages, sie waren noch weit entfernt vom Dorf und auf dem Rückweg, und gingen noch gemeinsam, sich in Sicherheit und unbeobachtet wähnend, sahen sie weit entfernt am Feldrand, noch winzig klein und unerkennbar, um wen genau es sich handelte, einen Mann. Dieser hingegen schien keinen Zweifel zu haben, wen er wiederum entfernt sah. Mare und Jack Jott sahen wie die Miniatursilhouette, nachdem sie eine Weile in ihre Richtung geblickt hatte, in Richtung Dorf zu rennen begann. Dem Paar wurde sofort klar, wem die Stunde geschlagen hatte, und sie beschlossen, dass Mare nun lieber allein weitergehen sollte, zurück zum Dorf. Während Jack Jott Kreidler lieber erst morgen sich dort blicken lassen wollte und nun besser zurück zu seinem Stützpunkt gehen würde. Als wüssten sie nicht, was ihnen blühte, vertrauten sie blind auf ihren Plan.

Als Jack Jott Kreidler jedoch am nächsten Tag wieder zum Baseballspielen mit Giogio und den anderen Kindern auf dem Dorfplatz eintraf, ward keines der Kinder für ihn anzutreffen. Nur die wenigsten Einwohner von Porteferra sprachen überhaupt noch mit ihm. Stattdessen hatte man auf die Innenseite der Stadtmauer in großen Lettern geschrieben V per Vandalismo.

Er senkte seinen Kopf, die Finger seiner rechten Hand betrachtend. Sein Zeige- und Mittelfinger abgespreizt, bildeten ein ebensolches V.

Er blickte wieder auf Wand mit den Farblettern. Das Symbol, welches er und seine englischen Alliierten so sicher als das ihre glaubten. Hier hielt man ihn nicht, hatte es nie getan, für einen Sieger. Hier war er nur ein Vandale, ein Brandstifter, ein Oger. Sie hatten mit ihrer Bezeichnung ihm gegenüber Recht. Er hatte es doch immer gewusst.

Nur kurz hielt er vor der Stadtmauer inne und ging dann noch in derselben Minute ein allerletztes Mal hinaus zum Dorfausgang. Zurück zu seiner Soldatentruppe, um Mare nie wiederzusehen.

Jack Jott Kreidler verbrachte die letzten Monate seines Einsatzes ausschließlich innerhalb der Campgrenzen.

Seit fünf Jahren hatte Jack Jott Kreidler niemanden mehr getroffen, der ihn nicht für verrückt hielt. Verkaufen konnte er die Moulin Jaune nicht. Niemand würde sich auf ein urkundliches Papier, das den eigenen Namen und den des heruntergekommensten Ladens von ganz Paris trägt, einlassen. Sein Ruf als halbtoter Tollhäusler eilte ihm in der kompletten Stadt stets voraus. Mit schmerzverzerrtem Gesicht konnte er sich endlich etwas im Becken erleichtern. Der Schweiß von seinen Händen tropfte dabei auf seine abgerissenen Schuhe.

Während die anderen Soldaten dem Ende ihrer Dienstzeit, dem Ablösungstrupp aus der Heimat, entgegenfieberten, wurde Jack Jott Kreidler immer stiller. Bald stiller als je zuvor. Alle anderen erzählten von ihren Familien, von ihren Freundinnen, die sie nach der Rückkehr heiraten wollten, um dann wiederum mit diesen eine Familie zu gründen. Ihre Söhne, die sie natürlich haben würden, würden sie natürlich auch zur Armee schicken. Jack Jott Kreidler hatte von seinen Eltern nichts mehr gehört und Tante Ludo wollte er auf keinen Fall kontaktieren. Wo sollte er nur hin, wenn man ihn wieder in die Vereinigten Staaten schickte? Es gab noch einen Onkel in Utah, mit dem er zumindest spärlich seit Jugendjahren korrespondierte. Vielleicht könne er bei diesem ein neues Leben starten? Im Allgemeinen wurden Veteranen doch überall gut aufgenommen und auch entfernte Verwandte wollten Vaterländlern, wie Jack Jott nun einer war, wie man hörte, gern behilflich sein. Noch in Italien setzte er eine Sendung an Onkel Kenneth auf. Doch schon zwei Wochen später kam die Antwort einer Behörde: Mr. Kenneth C. Kreidler sei jüngst in Reno erschossen worden. Sonderbar war an dem Vorfall, dass es sich weder um einen Raubmord gehandelt hatte, noch irgendein anderes Motiv für die Tat zutage kam. Den Täter hat man bis heute nie gefasst.

Mit dem Erhalt dieser Nachricht brach Jack Jott Kreidler nun zusammen. Er fiel in das schwarze Loch seiner selbst hinab. In dieser Nacht desertierte er aus dem Camp und ziellos schlief er sich durch die Bordelle von Florenz bis Marseille gen Norden.

Konvulsiv und krachend zwang ihn sein Magen in die Knie. Jack Jott Kreidler lag unter dem Urinal und versuchte abwechselnd nicht auf die schmerzenden Innereien und den aus dem Nachbarraum dumpf klingenden Jazz zu achten. *Someday we will meet in Bombay again.* Die B-Seite. Da hörte er zu seiner Überraschung aus der darüberliegenden Etage zwei Leute Liebe machen. Es wird also grad Geld verdient. Man könne also nicht sagen, der Laden liefe überhaupt oder gar nicht. Nein, im Moulin Jaune wurde noch Liebe gemacht. *Tell ol' pharaoh!*

Als Jack Jott Kreidler total verloren in Marseille angekommen war, lernte er dort die 20 Jahre ältere Bordellleitung Georgette kennen. Ihr ganzes Leben hatte sie in diesem Metier zugebracht und es störte sie schon lange nicht mehr, rief jemand sie „Hure". Aber gar nicht gern hörte sie es, wenn man sie „alte Hure" nannte. Da konnte sie fuchsteufelswild werden und nicht selten musste der französische Stadtjapper, der diesen Titulierungsfauxpas lieferte, daraufhin fluchtartig das Lokal verlassen, wollte er nicht von ihr die Zähne ausgeschlagen bekommen.

Georgette brachte Jack Jott alles über den Warencharakter des Vergnügens bei. Auch war sie es, die ihn lehrte, es hieße Liebe machen. Nicht, sich lieben. In einem Bordell liebe man sich nicht, man mache Liebe. Das sei etwas völlig anderes. Sie war es auch, die ihm von der Immobilie in Paris berichtete und ihn ermutigte, sich auch in diesem Geschäft zu versuchen.

Jack Jott Kreidler schwanden die Sinne, aber er erkannte noch, dass es sich bei der in der oberen Etage stöhnend ertönenden Stimme um Ninette handelte. *We need not always weep and mourn. Let my people go.* Ninette war immer schon die große Hoffnung für die gelbe Mühle gewesen, dachte Jack Jott. Gleich morgen werde er ein Testament zu ihren Gunsten machen, dachte er, und starb.

An alle Müller

War einmal ein Müllersmann,
der zog sich ein fein' Kleidchen an.
Ihr merkt es gleich, den Streich, und merkt es an:
mit „War einmal" fängt kein Gedichtlein an!
Es fehlt ein Wort, ihr merkt es leicht -
ich verspreche euch, es wird am Ende nachgereicht.
Der Anfang folgt am Ende,
der Anfang folgt in spe,
die Mär dreht stets zur Wende;
ein Mobilum perpetue.
Doch nun nochmal von Anfang an,
zurück zu unserm Müllersmann.

In seines Frauchens Kleidchen,
da fiel es ihm gleich ein,
da glich er seinem Weibchen,
hieß sich alsdann nur Müllerlein.
„Wär' er ein fein Bauersmann
zög' er sich niemals Kleidchen an!",
so hört er schon sein Frauchen fauchen,
würd' sie hier - Ei der Daus! - auftauchen.
Und käm' auch wer von weiter her,
oder auch nur aus Nachbars Orte,
dem fielen gleich die Worte
nicht mehr ein, wenn sie ihm nicht gleich gänzlich fehlten.
Das waren jetzt die Sorgen, die unseren Müller quälten.

Er straffte sich ein Schleifchen
und klopfte seine Schöße
und drehte sich im Kreischen
und gab sich eine Blöße.
Denn tief in seiner Angst und Bange,
da hörte er die Nachbarn kreischen,
dies zu Unterlassen heischen –
das wusste er schon lange.
Doch gefiel er sich so, so viel,
denn fand er sich heut viel mit Stil.
Und wenn er nur schon wüsste, dass es auch Spiegel gibt,
er hätt' alsgleich sich ein' erworben;
beim Anblick in sich selbst verliebt,
wär' er vor Glücke wohl gestorben.

Als Knabe er die Schule mied,
bis dass der letzte Ahne schied.
Vererbt wurd' nicht nur Opas Gang
und Mutters Stirnen Kühle,
nein, gratis gab's den alten Zwang:
Freihaus gab's Vaters Mühle.
Und fortan war mit Ehe und Gewerb
das Mahlen nun sein Broterwerb.
Doch lange schon plagt ihn im Leben,
sich immer nur als Mann zu geben.
Doch d i e s e s Müllers Müllerei
galt vielen nur als Schweinerei.
Das Dasein gleicht doch einer Pein
muss man stets Müller Meier Schulze sein.

Als dieses Morgens nun Frau Müllerin,
ihrem Gatten, dem Herrn Müller, in
leiser Weise kundtat,
im Dorf herunten wär' heut Markttag,
da freute sich der Müller fein,
denn ist die Gattin nicht daheim,
sich ob Brauch, ob Usus nicht zu sorgen,
sondern die Frauenrobe sich zu borgen.

Doch stand
er nun im Fremdgewand,
wer war er dann?
Im Frauenkleid ein Müllermann?
Mit kurzem Haar im Frauengewand,
der Müller keine Taufe fand.
Zu diesen Zeiten,
in diesen Breiten,
gab es nie
die Travestie.

Zu dieser Zeit nach Arbeitsschluss
ging man zum Kräuger auf 'nen Suff.
Die Frauen blieben stets daheim,
die Herr'n der Schöpfung schenkten ein.
Alle schienen glücklich so,
bis Herr Müller dem entfloh
als es ihm in den Sinne kam
und er sich seines Weibchens Kleidchen nahm.

Doch war er nun noch der Herr Müller?
Oder nur noch der Geschlechter Lückenfüller?
Fällt das „er" vom Müller weg,
man mit Schrecken gleich entdeckt:
Bleibt vom Müller nicht mehr viel,
bleibt vom Müller nur noch „Müll".

Und ne Müllsie
gab's noch nie.

Zum Giftschrank geht der Müller nun.
Was sollte er auch andres tun?
Da ihm im Leben nichts mehr bleibt,
hat er sich mit 'nem Trank entleibt.
Doch die Kleider behielt Herr Müllermann
beim Suizid, dem seinen, an.
Sonst hätt's wohl nie jemand gemerkt.

Indessen hat es sich entwunden,
dass ausgerechnet heut das Markttagwerk
andern werktags zuvor hat stattgefunden.
Und unverrichteten Einkaufs
Frau Müller früher heimwärts zieht.
Das Schicksal nur kennt seinen Lauf:
Zuhaus sie erstmals ihren Mann in Kleidern sieht!
Und als die Müllerin ihn fand,
vor Schreck schon ganz belämmert,
ihn in ihrem Sonntagskleidgewand,
der Vorfall ihr bald dämmert.

Und nun heult'se, fast erstickt,
als sie so ihren Mann erblickt.

Ihr ahnt es schon - sie kam zu spät:
Ihr Mann vom Schnitter hingemäht.
Sie wusste ehedem nur nichts von Herrn Müllermannes Tick
und er hingegen wusste nichts von gängiger Grammatik.
Denn wär' dem so - ach, das wär' fein -
ein lust'ges Ende käm' hierhin:
Denn trägt der Müller Kleiderlein
heißt er fortan halt „Müllerin".
Denn nur wer früher Schule schwänzt
sich ein' letalen Trank kredenzt.
Wer einfach so trägt was er will,
denkt niemals nicht er wär' nur Müll.
In diesem Fall - ihr seht den Sinn -
kommt an das Ende einfach „in".
Schon ist man wieder wer,
der man zuvor nur gerne wär'.
Ist man hin und weg und weg und hin,
dann nennt man Müller eben Müllerin.
Und wenn's so rumpelt und so zittert,
ihr merktet's gleich: Es wurd geschwittert.
Und ist das Ende der Geschicht' auch bitter
lyrisch glich es dem Gewitter,
Ihr Kurt Schwitter   S   *(da capo)*

„Wir müssen die Mühle unseres Vaters verkaufen"

Berthold Brecht

Erste Szene. Erster Akt. Steppe im Landstrich Nobrogomonsk. Links auf der Bühne ein kleines altes Landhaus. Rechts eine alte Mühle. Pedro tritt auf.

PEDRO Eine vergebliche Mühe. Die Räder drehen sich, das kannwohl jeder sehen. Doch das Gemäuer ist alt und morsch. Das kommt vom Regen, von der Feuchtigkeit. Ich versuche, die Mühle abzudichten, doch was ich jeden Tag dichte, es kommt die Nacht, bringt den Regen, bringt die Kühle. Und wieder am nächsten Morgen ist der Bau dem Zusammenbruch wieder ein wenig näher. Die Räder drehen sich, man kann es von weit sehen. Doch wann, so frage ich wann, wann werden die schweren Mühlenflügel das steinerne Rund unter sich begraben?

STIMME AUS DER HÜTTE Junge, komm ins Haus! Es zieht ein Gewitter auf!

PEDRO Ja Mutter. Ich komme bald.

Das Licht fährt runter. Ein Scheinwerfer beleuchtet ein Schild auf dem geschrieben zu lesen steht:

Das Lied von der Vergeblichkeit des menschlichen Tuns im Allgemeinen und Besonderen

1

Der Wind am Scheideweg
kennt seit Jahren meinen Namen,
Der Herr Gott in der Höhe
kennt nur selten Erbarmen.
Übe immer treu und redlich
bis an dein kühles Grab,
Denn so sagt man, eines Tages
kriegst auch du etwas ab.

Es klappert die Mühle am rauschenden Bach,
Bei Tag und bei Nacht ist der Müller stets wach.

2

Für das Leben, nicht für die Schule
lernt man, was man lernen muss,
Und die Jungen von den Alten
quatschen nach, all den Stuss.
Ja, die Jugend ist wie Zahncreme,
ach es muss wohl so sein,
Ist sie einmal aus der Tube,
kriegt man sie nicht mehr hinein.

Es klappert die Mühle am rauschenden Bach,
Bei Tag und bei Nacht ist der Müller stets wach.

PEDRO Hier habe ich heute angefangen. Und hier habe ich heute Abend aufgehört. Man könnte meinen, es sei das Tagwerk eines halben Dutzends Arbeiter. Doch ich habe es ganz allein verrichtet. Heute seit dem Morgengrauen.

STIMME Junge! Wo bleibst du denn? Es wird Nacht und ein Gewitter zieht auf.

PEDRO Ich komme gleich Mutter, ich komme. - Und jeden Abend ist es dasselbe: Ein Gewitter zieht auf und spült frischen und alten Mörtel aus der Mühle heraus bis bald die Mühle zu einem Haufen Stein und Holz zusammenfällt.

Während er spricht, kommt ein Soldat des Zaren und zieht eine Linie mit Kreide zwischen dem Haus und der Mühle auf den Boden.

Früher konnte Mutter noch als Marketenderin arbeiten, doch dafür ist sie jetzt zu alt. Aber sie hört es nicht gern, wenn man sie „alte Mutter" nennt. Ach, besser waren die Zeiten früher auch nicht. Aber vielleicht nicht ganz so schlecht wie heute. Außerdem bleibt uns außer dem, was uns die Mühle abwirft, nichts. Wirklich, wir leben in finsteren Zeiten.

Der Soldat des Zaren, der die Linie fertig gezogen hat, stellt neben diese ein kleines Grenzhäuschen auf.

PEDRO Wie lang ist es her, dass wir uns satt essen konnten? Was sind das nur für Zeiten? Wie lang schon trennt uns nur noch das Glas kargen Wassers am Tage vom Verdursten? Ist doch Vaters Mühle alles, was uns von ihm blieb.

Das Licht fährt runter. Ein Scheinwerfer beleuchtet ein Schild auf dem geschrieben zu lesen steht:

Das Lied von der Vergeblichkeit des menschlichen Tuns Im Allgemeinen und Besonderen - Reprise

I

Es klappert uns're Mühle am rauschenden Bach,
Morgens müde, in der Frühe, nur mit Mühe wird man wach.

Jeden Werktag auf dem Felde macht das Heu für das Brot,
Jeden Werktag auf der Arbeit, Sonntag Tatort, Montag tot.

STIMME Pedro, komm schnell! Das Gewitter zieht auf.
PEDRO Ich komme Mutter.
Er wendet sich zur Hütte, zu gehen.
SOLDAT Halt! Hier ist die Landesgrenze.
PEDRO Das kann nicht sein. Hier ist mein Nachhauseweg.
SOLDAT Du Dreckhaufen! Auch noch frech werden. Hier ist die
Landesgrenze.
PEDRO Aber ich lebe schon immer hier. Dies ist die Mühle meines Vaters. Dort ist das Haus meiner Mutter. Die Arbeit, die ich
arbeitete, tat ich hier. Den Schlaf, den ich schlief, schlief ich dort.
Ich gehe immer diesen Weg.
SOLDAT Um das Land besser vor Hunger und Feinden zu schützen, hat der Zar das Land in 14 Distrikte eingeteilt. Wir sind nun
der guten Sache näher. Unser Zar ist ein weiser Mann. Und wer einen Baum pflanzt muss ihn bewässern. Gegen einen Wegzoll darf
jeder Mensch passieren.
PEDRO Oftmals hörte ich Eltern mit ihren Kindern sprechen,
aber die Grammatik der Polizeihand ist mir immer noch fremd.

SOLDAT Deine Zunge ist wie eine Pulverbüchse. Und doch ist der Befehl des Zaren deutlich: N i e m a n d darf hindurch. Wer bist du junger Müller?

PEDRO Niemand.

Der Soldat überlegt und lässt ihn passieren. Berthold Brecht tritt auf.

BRECHT Das ist schon sehr schön, ich bin sehr zufrieden mit der Pointe. In all seiner Gewaltigkeit hat der Staat keine Möglichkeit, die, die da auf leichteste Weise existieren, zu vereinnahmen. Es ist gut, dass mir diese Szene damals in Südschweden eingefallen ist. Auch das Gewitter, das aufzieht. Es ist eine Metapher für das drohende Unheil. Wirklich sehr schön. Wie finden Sie es?

SOLDAT Ja also, Herr Brecht, wenn ich das sagen darf, ich finde den Titel ein wenig veraltet. „Wir müssen die Mühle unseres Vaters verkaufen." Das ist doch nicht mehr zeitgemäß. Und gab's das nicht schon von Goethe?

BRECHT Die Mühle ist nicht nur Sinn, sie ist auch Bild! Es dreht sich, wie der Mensch, am Firmament, stetig und doch im Kreise.

SOLDAT Ach so.

BRECHT Sie hat Alter, Zweck und Schönheit und doch, hab Acht!, deckt sie nur das tagtägliche des Bedarfs des menschlichen Schandbretts des Daseins.

PEDRO Aber Herr Brett, äh Herr Brecht, was der Kollege sagen will, ist doch, vielleicht, dass der Stoff an sich krude ist ...

BRECHT Das soll er auch! Außerdem stimmt das gar nicht. Das ungelenke Dasein des Menschen im Knopfloch des Kosmos ist so, und nur so am besten auszudrücken!

STIMME Pedro, komm herein, ein Gewitter zieht auf!

BRECHT Himmelarsch, nun komm aus der Hütte! Wir sind schon längst fertig mit der Szene!

SOLDAT Aber hat ihr letztes Stück nicht auch schon in Russland gespielt? Sollte man nicht wenigstens …

BRECHT Gut, ich habe verstanden.

Brecht zündet sich eine Zigarre an und denkt nach:

Wir verlegen das Stück nach London. Aber das Gewitter bleibt!

Erste Szene. Erster Akt. Themsemündung in Jellyroll Market. Es regnet. Überall auf der Bühne kleine Häuser. Mittig rechts auf der Bühne eine alte Mühle. Der Fluss fließt, der Arbeiter arbeitet, der Hungernde hungert, die Hupen hupen, die Mühle mühlt. Maracuja-Johnny tritt auf.

PEDRO Wie lässt es sich nur an? Ein Elend, ein Leben nach dem anderen. Die Mühle mühlt stetig und doch bleibt uns kaum genug Ertrag zum Munde. Können die Menschen doch wohl das Unheil erzeugen, aber ertragen, können sie es gleichwohl nicht. In sieben Tagen schuf der Herr die Welt. Hätte er sich doch nur mehr Zeit gelassen.

Das Licht fährt runter. Ein Scheinwerfer beleuchtet ein Schild auf dem geschrieben zu lesen steht:

Choral über die Unerträglichkeit und Ertraglosigkeit des Proktophantasmisten

I

Alles dumm und gruselig, ein jeder ohne Stil.
Alles roh und hässlich, der Herrgott, er schuf viel.
Die fiese gift'ge Schlange, die Wespe und den Floh.
Da fackelt er nicht lange, es kratzt und beißt dich schon.

2

Alles krank und krebsfördernd, das Böse groß und klein.
Alles mies und selbstredend, vom Herrgott muss es sein.
Das Schlechte währet ewig, das Gute man vergaß.
Wer macht aus viel schnell wenig? Wer war das wohl? Er war's!

3

Alles taub und tumorös; murks, matt und nekrophil.
Stinkend, böse, desaströs; der Herrgott erschuf viel.

PEDRO Doch jeder Tag ist wie der letzte Tag. Das Felsgestein, das
runde, und die Mühlflügel im Kreis können uns bald nicht mehr
ernähren.

STIMME AUS EINEM DER HÄUSER Johnny, komm schnell
Heim. Der Regen und die Nacht kündigen ein Gewitter an.

JOHNNY *zum Himmel blickend:* Ach Mutter, erinnere dich doch. -
Zu Brecht: Ähm, Herr Brecht, woran soll sie sich erinnern? Ich ver-
stehe diese Zeile nicht so ganz.

BRECHT Ja, das ist doch jetzt egal, da schreibe ich ihnen dann
noch einen Monolog, jetzt machen Sie erstmal weiter, ja!

JOHNNY Ja gut. *Wieder zum Publikum:* Diese Mühle ist das Letzte
was unserem Vater geblieben ist.

BRECHT *erzürnt:* Was u n s v o m V a t e r geblieben ist! Mensch,
konzentrieren Sie sich!

JOHNNY 'Schuldigung. *Wieder zum Publikum:* Das Einzige, was
uns vom Vater geblieben ist. Sie ist unser Privateigentum. Und
auch wenn es uns oft abträglich war, sind wir doch der Auffassung,
sie nicht zu veräußern. Es stand in seinem Testament abgedruckt:

Diese Mühle soll in der Folgezeit am längsten aushalten. Also Herr Brecht ich weiß nicht ...

Hinter ihm geht ein Konstabler zwischen den Häusern auf und ab.

KONSTABLER Auf diesem kleinen Hof werden wir einen wundervollen kleinen Exerzierplatz haben. Die Huren, die Bettler, die Diebe, die sind schon alle des Platzes verwiesen. Und nun sagt mir, wo findet man noch einen so schönen leeren Platz wie diesen?

STIMME Johnny, komm nach Haus! Nebel zieht auf.

JOHNNY Ja mother oder ja Mutter. Ich komme gleich. *Wieder zum Publikum*: Denn war die Niederschrift meines Vaters juristisch auch nur ein kleiner Fisch im großen Gewässer der Geschichte, so ist uns hier der ewige Verbleib der Mühle ein Ereignis. - Also Herr Brecht, ich weiß wirklich nicht ...

BRECHT *erzürnt:* Na weiter, weiter!

JOHNNY Ihr Menschen, die ihr sonst auch nur das eine wisst, das andere wisset ein für alle Mal, diese Mühle ernährte einst Londons Einwanderer der ersten Stunde wie die Mutterbrust den Säugling und gegen kaltes Vergessen in der trostlosen Vereinzelung dieser Tage dient sie als Mühlmal dem Erinnern unserer Generation. Zwischen Zeitung, Tabak und Branntwein in dieser Asphaltstadt.

Alles pausiert. Nichts passiert.

BRECHT Ja Konstabler, Sie sind dran! „Asphaltstadt"! Das ist ihr Stichwort! Da müssen sie schon längst hinter ihm stehen. Das ist doch die Aussage des Monologes! Die bewaffnete Autorität, die Blutjustiz, im Kreuze des Bürgers!

KONSTABLER Oh, entschuldigen Sie!

BRECHT Wie konnte ich mich bloß auf Berlin einlassen? Ich hätte in Amerika bleiben sollen. Also noch einmal! Ab „Mühlmal" bitte!

JOHNNY Dient sie als Mühlmal –

STIMME Johnny, komm nach Hause.

BRECHT Ruhe! Sie sie sind jetzt gar nicht dran!

JOHNNY Dient sie als Mahlmal für das kalte Erinnern unserer trostlosen Generation in den Zeitungen. Äh, Tabak und Branntwein in unserer Asphaltstadt.

KONSTABLER Und was für eine Komödie bieten Sie hier? Die Mühle muss natürlich auch weg. Sonst haben die Konstabler keinen Platz zum Exerzieren. Was auch immer sie hier andeuten wollen, mit Lebensfrohsinn hat das nichts zu tun. Denn wir sind zu einer neuen Auffassung gekommen. Das Volk ist dem Guten nah, wenn die Ordnung Platz hat. – Nun glotz mich nicht so romantisch an, Du Dreckhaufen! Wie ist dein Name?

JOHNNY Johnny. Johnny Miller.

KONSTABLER Und das ist deine Mühle?

JOHNNY Es ist die Mühle meines Vaters. Und die der Leute dieses Stadtteils, der Einwanderer von damals. Und es ist meine und ihre Mühle, Herr Polizeiheimer.

KONSTABLER Werd bloß nicht frech, du Hobel! London ist in 14 Distrikte eingeteilt. Und jeder Distrikt bekommt seinen eigenen Exerzierplatz. Der gehört dann dir und mir.

Das Licht fährt runter. Ein Scheinwerfer beleuchtet ein Schild auf dem geschrieben zu lesen steht:

Duett auf den Angriff menschlicher Wirklichkeitsdefinitionen

I

Es war einmal ein Knabe,
Sagt, dass er Hunger habe;
Zum Einkaufszentrum trabe,
Auf dass er sich dort labe.

Den Fisch von den Seychellen
Gibt's in aufgetauten Fällen,
Schon mal mit Salmonellen;
Er starb 'nen Tod, 'nen schnellen.

Es weiß der Unternehmer,
Das Leben wird bequemer,
Folgt man nur einem Schema:
Ist man statt Geber Nehmer.

Der Doktor sagt, das rächt sich,
Sagt, Zigarette schmeckt nich'.
Ein Freund von mir wird hektisch
Und raucht ab jetzt elektrisch.

Wir bau'n ein Häuschen,
und noch ein Häuschen
und da tun wir Menschen rein.
Dann kommt 'ne Straße, und noch 'ne Straße
und dann geht es allen fein.

Dann kommt ein Stadtpark,
und noch ein Stadtpark,

alles nah, alles kompakt.
Dazu ein Schild hin,
und noch ein Schild hin,
dass der Hund hier nicht hinkackt.

2

Die Mama macht das Essen,
Der Papa hat's vergessen,
Die Arbeit tut ihn stressen,
Das bringt dem Paar Malessen.

So baut man sich ein Leben,
Schön grad und alles eben.
Auch Trauer muss wer sterben,
Auch lustig kann man erben.

Wir bau'n ein Häuschen,
und noch ein Häuschen
und da tun wir Menschen rein.
Dann kommt 'ne Straße,
und noch 'ne Straße
und dann geht es allen fein.

Dann kommt ein Stadtpark,
und noch 'n Stadtpark,
alles nah, alles kompakt.
Dazu ein Schild hin,
ja noch ein Schild hin,
dass der Hund hier nicht hinkackt.

3

Wir bau'n 'ne Straße,
und noch 'ne Straße,
darauf fährt man dann herum.
Und dann 'ne Kreuzung,
und noch 'ne Kreuzung,
manchmal kommt da auch wer um.

Und dann 'ne Grenze,
und noch 'ne Grenze,
Das ist meins, und das ist deins.
Ach Tach Herr Nachbar,
Tach Herr Nachbar;
die unerträgliche Leichtigkeit des Seins.

JOHNNY Aber diese Mühle erinnert die Menschen an ihre Anfänge hier.

KONSTABLER Ihr meint wohl, eure Idee kommt aus dem Himmel, aber euer Fleisch verwest im Rinnstein.

JOHNNY Wisst ihr nicht, wie es in der Bibel heißt? „Schüttle die Milch und es wird Butter, schlage jemandem auf die Nase und es fließt Blut."

KONSTABLER Ach so? Und was steht bei Matthäus Kapital 17, Stiege 4? „Die Kranken brauchen einen Arzt!" Ja damit kann er ja wohl nur euch gemeint haben!

JOHNNY Und was sagte Jesus selbst? „Erst durch das Gesetz kommt es zu Übertretungen."

KONSTABLER Das hat er gesagt?

JOHNNY Glaub' schon.

KONSTABLER „Freund, komm zur Sache!" Hier habe ich einen Beschluss vom obersten Richter Londons. Darin kann es jeder lesen: Nach reichlicher Recherche haben die obersten Richter Londons festgestellt, n i e m a n d besitzt diese Mühle. Und wer seid ihr?

JOHNNY Niemand. - Herr Brecht, meinen sie nicht diese Pointe holpert ein wenig?

KONSTABLER Und gab es die nicht auch schon mal bei diesem Griechen?

BRECHT Unsinn! Sie haben wohl einen Haufen Bücher in sich hineingelesen, was? Außerdem ist das völlig egal, ob's das schon mal gab. Diese Pointe ist hervorragend und von mir ist sie allemal! Sie glauben doch nicht, dass jemals jemand sich wirklich alleine und selbst etwas ausgedacht hat?

Das Licht fährt runter. Ein Scheinwerfer beleuchtet ein Schild auf dem geschrieben zu lesen steht:

Die Moritat von der Rechtmäßigkeit menschlicher Leistungen - Finale

I
Hindenburg war Reichsminister,
Ach was sag ich euch, ja das wisst ihr.
Seine Republik von Weimar
War nur kurz, war bald im Eimer.

Ikarus, der flog zur Sonne,
Schoss wie 'ne Kugel aus 'ner Kanone.

Leider war er kein Piepmatz
Und seine Flügel nur aus Wachs.

Der Dalai Lama, das ist klar,
Der wohnt Teilzeit in Shangri-La.
Er reitet durch die Welt auf Lamas,
Und trägt den ganzen Tag Pyjamas.

Doch niemand wird dazu geboren, niemand ist gar auserkoren.
Sicherlich, das ist doch klar, gab es Hilfe von Mama,
Und diese wiederum bekam, einen Tipp von ihrer Mum.
Und darum ist es nichts damit und darum ist das alles Kit.

2

Anne Frank hielt sich versteckt,
Hoffte, dass man sie nicht entdeckt.
Schrieb ein Büchlein an der Gracht,
Das hätt' der Hitler nicht gedacht.

Old Mac Donald had a farm,
Hi Hei Ho da war Alarm.
Die Tiere feiern kräftig mit,
Daraus wurd' ein Kinderhit.

Alle sie war'n große Helden,
Hatten auf der Welt sehr viel zu melden.
Doch alles, was sie so vollbracht,
War selten selbst ausgedacht.

Denn niemand wird dazu geboren, niemand ist gar auserkoren.
Sicherlich, das ist doch klar, gab es Hilfe von Papa,
Und Papa wiederum der hat's gelernt bekommen von sei'm Paps.
Und darum ist es nichts damit und darum ist das alles Kit.

3
Berthold Brecht, der schrieb Gedichte,
Im Maul hatte er stets 'ne Zichte.
Wie bekannt war er ein Raucher,
Und ein Dichter, das war auch er.

Auch sehr berühmt war Christus Jesus,
Ging zwar tot, doch nix verwesus.
Klingt zwar blöd, doch ist es wahr:
Auch heut noch ist der Herr ein Star.

Alle sie war'n große Helden,
Hatten auf der Welt sehr viel zu melden.
Doch alles, was sie so vollbracht,
War selten selbst ausgedacht.

Denn niemand wird dazu geboren, niemand ist gar auserkoren.
Sicherlich, das ist doch klar, gab es Hilfe von Papa (unter anderem),
Und Mama wiederum bekam, einen Tipp von ihrer Mum.
Und darum ist es nichts damit und darum ist das alles Kit.
Die Welt ist arm, der Mensch ist schlecht.
Da hab' ich eben leider recht.

Ben Everding

Der Künstler Ben Everding (bürgerlicher Name Benjamin Johanna Deverling) wurde am 27. Dezember 1983 im kleinen englischen Industriestädtchen Wolverharrowich geborgen.

Als ältester Sohn eines Schlossers und einer Büroangestellten verbrachte er die 80er mit Zeichnen und darauf warten elf zu werden, um sich fortan Rock'n'Roll und Theater zu widmen.

Seit Ende der 90er ist der Derzeithannoveraner als Schauspieler, Musiker und Autor tätig, spielte über 350 Auftritte in Deutschland, Frankreich, Luxemburg, Belgien, England und der Schweiz und ist nicht tätowiert.

Es entspringen seiner Feder diverse Tonträger, Kurzgeschichten und Hörspiele, sowie 2010 das zynisch-lyrische Romandebüt des Sprachwandlers Everding "O VANITAS VANITATES" (juliefunny Verlag). Letzteres arbeitete er zusammen mit der Sängerin und Komponistin Vera Mohrs (Veras Kabinett) zum Bühnenstück "Von Piano & Papier" aus.

2011 folgte das Bühnenstück "Halte Frette! - Ostermette" in Zusammenarbeit mit der Autorin Isabelle Hannemann.

Seit 2012 tourt er mit der renegativ-komödiantischen Literaturan-
thologie "Wir müssen die Mühle unseres Vaters verkaufen", welche
im März 2014 bei Periplanta erschien.
Ben Everding ist nicht verheiratet und hat keine Kinder, aber
manchmal hört der Nachbar nebenan laut Ghetto-Rap.

*"Ben Everding entwirft [...] alles andere als normale Figuren. Es
entsteht ein fantasievoller Text mit sprachlicher Finesse, Wortwitz und
philosophisch tiefgreifenden Gedankenspielen. Auch als Stimmimitator
bewährt sich der Autor. Lesen ist eine Kunst und Everding beherrscht sie."*
Jacqueline Moschkau, Hildesheimer Allgemeine Zeitung, Mai 2010

"Ein begnadeter Comedian ist er, der junge Hannoveraner."
Markus Michalek, mucbook, Januar 2011

*"Everding liest sein Prosastück stehend, zieht immer wieder an seiner
Zigarette und lässt es durch theatralische Gesten fast zum Schauspiel werden."*
Rhein Main Presse, Dezember 2011

*"Sofort wurde klar, welch ein begnadeter Erzähler Everding ist. Geistreich,
frech und temporeich; wofür er herzhaften Applaus erntete. Am Ende sind die
Besucher begeistert."*
Anneliese Till, Augsburger Allgemeine, Mai 2012

Edition Mundwerk

Lesebühnenliteratur, Poetry Slam, Kabarett
bei Periplaneta

Mundwerk ist Bühnenliteratur.

Kurz, knackig, manchmal sehr lustig, durchaus auch schmerzhaft, mitunter frech und gern nonkonform. In dieser Edition erscheinen überwiegend Hybriden, also Bücher mit CD (oder umgekehrt). Die CDs sind auch als digitaler Download zu haben und die Bücher erscheinen seit Anfang 2012 auch als E-Book für Kindle, iPad, iPhone, Tolino & Co.

Bühnenliteratur ist anders, aber sie ist weitaus besser als ihr „Ruf" in den vermeintlich renommierten Literaturkreisen. Nichts hat die schreibende Zunft in den letzten Jahren so sehr beeinflusst und nichts kann so souverän zwischen Comedy und Kabarett, Popkultur und Literatur vermitteln.

Und nichts ist mehr ansatzweise so „independent".

Unsere Mundwerk-Autoren sind Live-Literaten, viele sind als Poetry-Slammer unterwegs und/oder treten regelmäßig auf Lesebühnen auf.

Bookinganfragen: pr@periplaneta.com
Manuskripte sind immer gern gesehen: lektorat@periplaneta.com

www.mundwerk.periplaneta.com

Ebenfalls erschienen

CLARA NIELSEN:
„Windschattengewächs"

Buch & CD, ISBN: 978-3-943876-53-6

Clara Nielsen gehört zu den bekanntesten Slam-Poetinnen Deutschlands. Ihre bildhafte und doch ungekünstelte Poesie und ihre koketten Texte drehen sich um so weltbewegende Themen wie Windwatte, Farben, Knopflöcher, Jahreszeiten, Energiesparen, die Relativitätstheorie, die Liebe und um Fußball. Sprachverliebt und scharfsinnig verführt sie zum Träumen, Erinnern, Nachdenken - und zum Lachen - manchmal all das auf einmal - in nur drei Minuten.

LUCAS FASSNACHT:
„Ottonormalverbraucht"
Betroffenheitspoesie in schmerzlosen Dosen

Buch & CD, ISBN: 978-3-940767-85-1,

Lucas Fassnacht ist Slam-Poet und Autor. Bei seinen Auftritten auswendigt er meistens Gedichte subversiven Inhalts in einzigartiger Vortragsweise. „Ottonormalverbraucht" ist grandioses „Slam-Kbarett". Die beiliegende CD enthält einen Livemitschnitt des Programms.

LEA STREISAND:
„Berlin ist eine Dorfkneipe"

Buch & CD, ISBN: 978-3-940767-78-3

Lea Streisand ist Autorin und Schriftstellerin und liest seit 2003 auf Lesebühnen. Quasi weltweit. Regelmäßig bei Rakete 2000 in Berlin Neukölln. Lea schreibt für die Taz und hat Geschichten in zahlreichen Anthologien veröffentlicht. 2009 erschien ihr Hörbuch "Wahnsinn in Gesellschaft" bei Periplaneta, 2012 folgte "Berlin ist eine Dorfkneipe" als Buch mit CD. So haben Sie Berlin noch nie gesehen.

Die CD

CD-Produktion: Reinhard Frye, *Ad Hoc* Tonstudio,
Hannover, Sept./Okt. 2013
Stimmen: Ben Everding
Piano: Sebastian Jiro von Schlecht